エロマンガ先生《えろまんがせんせ》

和泉マサムネの休日

eromanga sensei

伏見つかさ
イラスト◆かんざきひろ

8

contents

デザイン●伸童舎

Muramasa Senjyu
「マサムネ君。恋愛って、面白いな」
1
eromanga se

Eromangasensei Origin
初代・エロマンガ先生
(しょだい・えろまんがせんせい)

Personal Data
年齢:?
血液型:A型

紗霧の母親。アルミの師。職業はイラストレーター。趣味の活動をする際に『エロマンガ先生』と呼ばれていた。マサムネから見た印象とは異なり、京香との関係は良好。

Izumi
京香
(うか)

。正宗の父親の
ことがない、冷た

Ayame Kagurazaka
神楽坂あやめ
(かぐらざか·あやめ)

正宗たちの担当編集。たくさんのヒット作を抱えているが、ちょっぴりうさんくさい。

Aoi
奈

アニメ版
愛い妹』の

Shizue Amamiya
雨宮静江
(あまみや·しずえ)

アニメ版『世界で一番可愛い妹』の監督。

asaka
子
(こ)

一番可愛い妹』
、手段を選ばぬ

Kotetsu
Izumi
和泉虎徹
(いずみ·こてつ)

Personal Data

年齢:?
血液型:A型

マサムネの父親。京香の兄。正宗が14歳の時、紗霧の母親と再婚する。マサムネの母親とは幼馴染。

「いらっしゃい、ムネくん！
今日はコレとか、オススメかな」
omoe Takasago
nsei 8
エロマンガ先生
和
izumi masamune no

Sagiri Izumi
「妹の頭をなでてえっちな気分になるなんて
……兄さんのえっち」
マサムネの休日
kyuujitsu

Masamune Izumi
和泉正宗
（いずみ・まさむね）
高校に通いながら小説家の仕事をしている。PNは和泉マサムネ。
Kyouka
和泉
（いずみ・き
和泉兄妹の保護
妹。いっさい笑う
い印象の美人。
Sagiri Izumi
和泉紗霧
（いずみ・さぎり）
正宗の妹。重度の引きこもりだがエロマンガ先生というPNでイラストレーターをしている。
Elf Yamada
山田エルフ（PN）
（やまだ・えるふ）
和泉家のお隣さん。正宗とは別の出版社で活躍中の超売れっ子作家。
Makina
葵真希
（あおい・まき
ぐーたら脚本家
『世界で一番可
シリーズ構成。
Muramasa Senjyu
千寿ムラマサ（PN）
（せんじゅ・むらまさ）
正宗と同じ出版社で活動する年下の先輩作家。正宗の大ファン。
Tomoe Takasago
高砂智恵
（たかさご・ともえ）
正宗の同級生で「たかさご書店」の看板娘。正宗の職業を知る異性の友人。
Touko Ak
赤坂
（あかさか・と
アニメ版『世界で
のプロデューサー
リアリスト。

えろまんがせんせい

エロマンガ先生

eromanga sensei

8

和泉マサムネの休日

伏見つかさ

イラスト かんざきひろ

第一章

俺《おれ》は和泉正宗《いずみまさむね》。十六歳《さい》の高校二年生。

学校に通いながらライトノベルを書いている兼業《けんぎょう》作家だ。

ペンネームは、和泉《いずみ》マサムネ。

諸事情あって、二年前から、引きこもりの妹と二人きりで暮らしている。

そんな生活に大きな変化があったのが、一年前のこと。

俺《おれ》は妹の『隠《かく》された秘密』を知ってしまう。

俺《おれ》の小説の挿絵《さしえ》を描《か》いてくれているイラストレーター『エロマンガ先生』。

その人こそが、俺《おれ》の妹・和泉紗霧《いずみさぎり》だったのだ。


それから色々なことがあって——


なんと今、俺《おれ》の新作小説『世界で一番可愛《かわい》い妹』のアニメ化企画《きかく》が絶賛進行中だ。

原作者である俺《おれ》も、アニメの脚本《きゃくほん》会議に出席したり、ゲームのシナリオ監修《かんしゅう》をすることになったり、原作小説を連続刊行することになったり。

その上、ソシャゲの仕事まで舞《ま》い込《こ》んできたり——

俺《おれ》と妹、ふたりの夢を叶《かな》えるため、不眠《ふみん》不休で大量の仕事をこなしていた。

のだが……。

「今日から兄さんは、私と同棲《どうせい》するの」

俺《おれ》の無茶に勘付いた紗霧《さぎり》が、とんでもないことを口走った。

わざわざここ――『開かずの間』の鍵《かぎ》を閉めた上でだ。

「な、なに言ってんの⁉　おまえと俺《おれ》は、いままでだってずっと一緒《いっしょ》に暮らしていただろ！」

「ちがう。同じところで暮らさないと、同棲《どうせい》とはいわない」

「だから同じ家で暮らしてたじゃないか！」

「こ、こ」

紗霧《さぎり》は、首を横に振《ふ》る。

「今日からこの部屋で、一緒《いっしょ》に暮らす」

アニメによって――

俺《おれ》と妹の、同棲《どうせい》生活が始まった。


今回の物語は、その直後から始まる。

徹夜《てつや》明けの早朝。

紗霧《さぎり》に『開かずの間』に引《ひ》きずり込《こ》まれた俺《おれ》は、部屋の中央で、正座をさせられていた。

「……俺《おれ》が……おまえの部屋で……一緒《いっしょ》に暮らすって？」

好きな人と二人きりで、朝から夜までずーっと一緒《いっしょ》に過ごせ……ってこと？

ごく、と喉《のど》を鳴らす。

紗霧《さぎり》の爆弾《ばくだん》発言を受けて、俺《おれ》は、これ以上ないほどに動揺《どうよう》しまくっている。

目前に立つ紗霧《さぎり》は、俺《おれ》を冷めた眼差《まなざ》しで見下ろす。

「……そう。私とふたりで、ここで暮らすの」

まともに思考が働かない。なのに妹は、次から次へと強烈《きょうれつ》な言葉を重ねてくる。

すっとベッドを指さして、

「だから、兄さんは、そこで寝《ね》て」

「いや……それ、おまえのベッド……」

「だから？」

真剣《しんけん》な怒《いか》り顔で問うてくる。

おまえのベッドで、おまえの香《かお》りに包まれて寝《ね》ることになるけど本当にいいの？

とか、聞ける雰囲気《ふんいき》ではとてもない！

「ほら、早く寝《ね》て」

強い口調で急《せ》かしてくる紗霧《さぎり》。

「兄さんがちゃんと寝《ね》るまで、ここで見てるから」

「く……っ」

妹を泣かせてしまった直後という負い目もあって、俺《おれ》は妹の言いなりになるしかない。

すさまじい背徳感に耐《た》えつつ、好きな人がいつも眠《ねむ》っている布団《ふとん》へともぐりこんだ。

「こ、これでいいか？」

ちら、と紗霧《さぎり》を横目で見て言う。

すると紗霧《さぎり》は、仰向《あおむ》けに寝《ね》ころんだ俺《おれ》と目線を合わせて、「ん」と頷《うなず》く。

「そこで、ちゃんと寝《ね》て。ずーっと起きて仕事してたんだから」

「……心配してくれてありがたいけど。でも、」

「『けど』と『でも』は禁止。いいから寝《ね》て」

「うっ……」

好きな人が使っている布団《ふとん》なんだぞ⁉　ドキドキして眠《ねむ》れるわけねーだろ！

とは、二重の意味で言えない。追《お》い詰《つ》められた俺《おれ》は、

「わかったよ……」

そう答えるしかなかった。

「ん」

紗霧《さぎり》は、小さく首肯《しゅこう》し、じっと見つめてくる。

どうやら、俺《おれ》が眠《ねむ》りにつくまでそうしているつもりらしい。

……まいったな、眠《ねむ》れるわけないぞ……？

ふわりとした甘《あま》いにおいで、頭がくらくらするんだけども。

……そんな心配は、無用だったようだ。

どうやら俺《おれ》は、自分で思っているよりもずっと、疲《つか》れていたらしい——

「……おやすみなさい、兄さん」

目を閉じてほどなく、俺《おれ》の意識は、深い眠《ねむ》りへと沈《しず》んでいった。

感覚的には、ほんの一瞬《いっしゅん》。

「ん……あれ、俺《おれ》、寝《ね》てたのか……」

まどろみから、ゆっくりと意識が浮《う》かび上《あ》がっていく。

楽園の芝生《しばふ》で日向《ひなた》ぼっこしているような、あまやかな心地《ここち》よさ。

——なんか、いつもよりもずっと、よく眠《ねむ》れた気がする。

「……どのくらい寝《ね》てたんだろ」

半覚醒《かくせい》の頭でそこまで思考し、目を開ける、と——

「！」

まず最初に思ったのは『俺《おれ》、まだ夢を見ているのかな？』だ。

鼻先が触《ふ》れそうなほどの目前に、紗霧《さぎり》の寝顔《ねがお》があった。

「……すぅ」

と、安らかに眠《ねむ》っている。

俺《おれ》と同じベッドの中で。

紗霧《さぎり》の脚《あし》や腕《うで》が、俺《おれ》の肌《はだ》に、直接触《ふ》れていて。

「んなっ……⁉」

なんだこの状況《じょうきょう》は――⁉

どっ、どどど、どうして俺《おれ》が、妹と同衾《どうきん》して……！

え？　うそ？　マジで？　夢じゃないの⁉

すべての高校生男子が一度は妄想《もうそう》する『都合のよすぎるシチュエーション』に、

「いてっ」

俺《おれ》は、『頬《ほお》をつねる』という古すぎる確認《かくにん》方法まで試《ため》してしまった。

結果――夢じゃない、らしい。

現実として、紗霧《さぎり》と俺《おれ》は同衾《どうきん》していて。

恋《こい》する相手が、すぐ目前で、無防備な寝姿《ねすがた》をさらしているのであった。

――てかっ、やわらかっ……。

身体が一部触《ふ》れ合《あ》っていて、甘《あま》いにおいがフワフワと香《かお》ってきて、起きたばかりだってのに、
気絶してしまいそうだった。

そして一度意識してしまえば、

「～～～～～～～～～～っ」

頭の奥《おく》が、ジンと痺《しび》れるような感覚。

急速に理性が溶《と》けて、ふにゃふにゃのバカになっていくような。

酒なんて飲んだことないけど、酔《よ》っ払《ぱら》うってこんな感じなのかも。

「……すぅ……すぅ……」

小さな寝息《ねいき》。可憐《かれん》すぎる寝顔《ねがお》。

──かわいい。

──触《ふ》れたい。

──抱《だ》きしめたい。

危険なワードばかりが、俺《おれ》の脳みその中を支配し、駆《か》け巡《めぐ》っている。

俺《おれ》の腕《うで》が、ゆっくりと紗霧《さぎり》の顔に近づいていく。

理性と欲望が激しく戦っているのがわかる。

「──ごく」

俺《おれ》はつばを飲《の》み込《こ》み、紗霧《さぎり》の頬《ほお》に掌《てのひら》で触《ふ》れようとする──

寸前、どんどんどんどん！　という音が聞こえた。

「！」

音のした方を見ると、

「うわあああああ！」

金髪《きんぱつ》美少女が、ベランダの窓にベタッと張り付き、カーテンの隙間《すきま》から、こちらをジッとにらんでいたのであった。

ホラー系のブラクラなんか目じゃないくらいビビった！

たまらず俺《おれ》はベッドから転げ落ち、半ば狂乱《きょうらん》状態で、そいつの名前を呼ばわった。

「えっ、エルフ！　なにやってんだオマエ……！」

「……！」

潰《つぶ》れたカエルのように、頬《ほお》をガラスに押《お》し付《つ》けているエルフは、口をグワッと大きく開けて、

『とっとと開けなさいアホぉ！』と訴《うった》えているようだ。

「……お、おう」

俺《おれ》は女を捨てたエルフの姿にドン引きしつつ、望みどおり窓の鍵《かぎ》を開けてやる。

すると部屋に入ってきたエルフは、さっそうとポーズを決め、俺《おれ》の顔を指さした。

「あんたねぇ～～～！　部屋の鍵《かぎ》閉め切って、妹となにやってんのよ――っ！」

「俺《おれ》が聞きたいくらいだ！」

「いますぐ家族会議！　いいえ――『裁判』よ！」

和泉《いずみ》家の一階・リビングにて、『家庭裁判』が始まった。

状況《じょうきょう》を説明しよう。

目前には、氷の眼差《まなざ》しで俺《おれ》を見下ろす三名（＋一名）の女性。

正面のソファに座《すわ》るのは、お隣《となり》に住む売れっ子作家・山田《やまだ》エルフ。

右手のソファに座《すわ》るのは、我《わ》がレーベルの看板作家・千寿《せんじゅ》ムラマサ先輩《せんぱい》。

両名ともに、昨夜は泊《と》まりで、ゲームシナリオの執筆《しっぴつ》や家事等々、俺《おれ》の仕事を手伝ってくれていた。二人の背後からは、黒いオーラがゆらゆらと立ち上っている。

左手のソファでは、丸眼鏡のぐーたら脚本家《きゃくほんか》こと葵《あおい》真希奈《まきな》さんが、ニヤニヤと事の成り行きを見守っている。

エルフの足元に寄せられたローテーブルには、素顔《すがお》の紗霧《さぎり》が映ったPCが載《の》っていた。

でもって、俺《おれ》はといえば――

ソファの前に、正座させられているのであった。

まるで、奉行《ぶぎょう》の沙汰《さた》を待つ罪人のような有様《ありさま》だ。

カン！　と、裁判長――ではなくエルフが、おもちゃの槌《つち》をローテーブルに振《ふ》り下ろす。

「これより『和泉正宗《いずみまさむね》・妹と同衾《どうきん》事件』の家庭裁判を開廷《かいてい》するわ」

「弁護側、準備完了《かんりょう》しておりまっす！」

真希奈《まきな》さんが、ノリノリでエルフに合わせる。

お遊び100パーセント、なんとも頼《たよ》りない弁護人である。

「検察側、準備完了《かんりょう》だ」

珍《めずら》しく戯言《ざれごと》にノッてきたのは、ムラマサ先輩《せんぱい》。着物姿の彼女《かのじょ》は、腕組《うでぐ》みをして、被告《ひこく》――すなわち俺《おれ》を睨《にら》みつけている。

……おそろしい。カ●コンの裁判ゲームだったら、ボスクラスの風格だ。

いつ抜刀《ばっとう》して斬《き》りつけてくるかわからん程《ほど》の迫力《はくりょく》がある。

「じゃあ、ムラマサ検事、『事件』について説明して頂戴《ちょうだい》」

「わかった」

ムラマサ検事はその場で立ち上がり、俺《おれ》を視線でビビらせながら語り始める。

「事件があったのは、和泉《いずみ》家・二階・和泉紗霧《いずみさぎり》の部屋――通称《つうしょう》『開かずの間』だ。被害《ひがい》者は、エロマンガ先生、十三歳《さい》」

「そんな名前のひとはしらないっ」

PC越《ご》しに、いつもの台詞《せりふ》を口にする紗霧《さぎり》。

ムラマサ先輩《せんぱい》は構わず続ける。

「第一発見者・山田《やまだ》エルフは、忙《いそが》しい被告《ひこく》のために昼食を作っていたそうだ」

「ちなみに献立《こんだて》はおにぎりと唐揚《からあ》げよ！　ぱっと食べて仕事に戻《もど》れるようにね！」

裁判長が、己《おのれ》の女子力を誇示《こじ》するように薄《うす》い胸を張る。

そこでムラマサ先輩《せんぱい》のお腹《なか》が、くぅ……とかわいい音を立てた。

「……む」

彼女《かのじょ》は、おなかを押《お》さえ、わずかに赤面。ごまかすように話を続ける。

「……こほん。昼食を作り終えたエルフは、午前中から姿の見えないマサムネ君を探すべく、各部屋を巡《めぐ》っていった。しかしどこにも見当たらない。最後に残ったのが、鍵《かぎ》のかかった『開かずの間』だ」

「女の勘《かん》が働いたのよ！　これは早急《さっきゅう》に『中の様子』を確認《かくにん》しなくちゃ――ってね！」

そうしてエルフは、いつものように、隣家《りんか》からベランダをつたい、『開かずの間』までやってきた。

「そこで被告《ひこく》の淫靡《いんび》なる犯行を目撃《もくげき》した！　――これが犯行現場で撮影《さつえい》された写真だ！」

「エッ、そんなのあんの？」

俺《おれ》はムラマサ検事の手元を覗《のぞ》き込《こ》む。

法廷《ほうてい》へと提出された『証拠品《しょうこ》』は、エルフのスマホで撮影《さつえい》された画像であった。

俺《おれ》が、紗霧《さぎり》と同衾《どうきん》しているところが、ハッキリと映っている。

……え、エルフのやつ……いつのまに……！

俺《おれ》は、さっと青ざめる。こっ、これはマズい……マズすぎる写真だ……！

「ふむぅ……これは、決定的な犯罪の証拠《しょうこ》ね！」

「意義あり！　意義あり！　違《ちが》うんだって！」

たまらず俺《おれ》がツッコむと、エルフはカン！　とおもちゃの槌《つち》を振《ふ》り下ろし、

「法廷《ほうてい》での勝手な発言は許可されていないわ！」

「事情！　事情を説明させてくれ！　真希奈《まきな》さん！　早く俺《おれ》を擁護《ようご》して！」

左手のソファに座《すわ》る真希奈《まきな》さんに救いを求めると、彼女《かのじょ》は口元を押《お》さえ、笑いをこらえて言ったものだ。

「てか、この家さあ！　毎日おもしろイベントがあっていいね！」

「弁護人じゃねーのかよ！」

ナ●ホドくんとチェンジしろや！

「で！　どういうコトなのよ！　これは！」

エルフが、おもちゃの槌《つち》を俺《おれ》に突《つ》き付ける。

「いや、ええと――」

「マサムネ君、正直に答えるんだ。さもないと……」

ムラマサ先輩《せんぱい》の目が怖《こわ》い！

「だ、だからさ――」

ふたりに詰《つ》められ観念した俺《おれ》は、今朝の出来事を正確に語る。

昨夜、いつものように徹夜《てつや》で仕事を進めていたこと。

早朝、顔でも洗ってこようかと廊下《ろうか》に出たところ、紗霧《さぎり》と遭遇《そうぐう》し、『開かずの間』に連《つ》れ込《こ》まれたこと。

紗霧《さぎり》から『今日から兄さんは、ここで同棲《どうせい》するの』――そう宣言されたこと。

妹に命じられ、紗霧《さぎり》のベッドで眠《ねむ》ったこと。

――等々。

「そんで俺《おれ》が目を覚ますと、紗霧《さぎり》がとなりで寝《ね》てたんだ」

「はあ!?」「嘘《うそ》でしょ！」

馬鹿《ばか》デカいリアクションをするムラマサ先輩《せんぱい》&エルフ。

笑いを堪《こら》えていた真希奈《まきな》さんも、ついに噴《ふ》き出《だ》す。

「そッそそ、その話が本当だとすると――」

裁判長エルフの視線がノーパソをとらえた。

「真犯人はエロマンガ先生！　あんたじゃない！」

「汚《きたな》いぞ！　エロマンガ先生！　一緒《いっしょ》のベッドで誘惑《ゆうわく》とか汚《きたな》い！」

両名はさらにギャアギャアと大騒《おおさわ》ぎする。

「マジ有り得ない！　ばっかじゃないの!?　ここでメインヒロイン様が本気出したら、アニメのBDが出る前にお話が終わっちゃうでしょお――が！　真ヒロインのわたしがロケットブーストでブチ抜《ぬ》いてやるんだから、最終巻まで舐《な》めプしてなさいよあほぉ！」

「ゆ、誘惑《ゆうわく》とかっ……そんなんじゃないからっ！　ただ、監視《かんし》のためにやっただけで……あとそんな名前のひとはしらないっ！」

真っ赤になって弁明する紗霧《さぎり》。だが、

「いくら何でもその言い訳は通らないわよ！」

「有罪だ！　有罪！」

「有罪《ギルティ》！　有罪《ギルティ》！」

カンカン槌《つち》を叩《たた》きまくりながら、有罪コールを連呼するエルフ裁判長&ムラマサ検事。

「判決をくだすわ！」

かぁん！　と、一際《ひときわ》大きな音を鳴らして、

「聞きなさい紗霧《さぎり》！　そこのアホマサムネが、ほっとくとすぐに無茶して、徹夜《てつや》して、そのうちぶっ倒《たお》れるだろうってのは、わたしたちにもわかる」

「……うん」

「ちゃんと寝《ね》るかどうか、監視《かんし》するやつが要《い》る——これもわかるわ」

「……うん」

「でも、『開かずの間』での同棲《どうせい》なんて、絶対ダメよ！」

「そのとおりだとも！」

ムラマサ先輩《せんぱい》も、エルフの主張に同意する。

「「だから――」」

そして二人は、同時に言った。

「私が同棲《どうせい》しよう！」「わたしが同棲《どうせい》するわ！」


「却下《きゃっか》」

ばっさりと切り捨てる紗霧《さぎり》。

「だって二人とも、昨夜、兄さんが仕事してるのに先に寝《ね》たでしょ」

「「うっ……」」

「エルフちゃんとムラマサちゃんには任せておけない。だから、私が直接監視《かんし》する」

「で、でも……マサムネ君がいつも使っているお布団《ふとん》が心地《ここち》よくて……」

「でもじゃない。もう決めたから」

「うぅ……エルフ、なにか言い返すのだ！　このままではマズいぞ！」

「ぐぬぬ……わかってるわよ！　えっと……紗霧《さぎり》、ようするに『信用できる人』に監視《かんし》を任せられるなら……一緒《いっしょ》の部屋で暮らさなくても……いいんでしょ？」

「……そう、だけど。……そんなひと、いるの？」

そんな会話中、画面の紗霧《さぎり》と向き合っていたエルフの肩《かた》を、ぽんと叩《たた》くものがいた。

真希奈《まきな》さんだ。にやっと己《おのれ》の胸を親指で示して、

「やれやれ、わたしの出番かな？」

「はあ？　お呼びじゃないから」

「座《すわ》ってろ、殺すぞ」

「兄さんより先に寝《ね》るからだめ」

「つーか脚本《きゃくほん》の締《し》め切り明日でしょ。早く仕事してくださいよアホかな？」

「手厳しい！　正宗《まさむね》さんまで！」

涙目《なみだめ》で撃退《げきたい》されていく真希奈《まきな》さん。

にしても……当事者である俺《おれ》を完全無視して議題が進行していくな、この家族会議。

エルフが話を戻《もど》す。

「じゃあやっぱり……あの人しかいないわね」


夜、今日の仕事を終えて、時計の針が午後十一時を指した頃《ころ》。

リビングにて、再び家族会議が行われた。

俺《おれ》、紗霧《さぎり》、エルフ、ムラマサ先輩《せんぱい》、そして……

女性陣《じん》が納得《なっとく》できる『信頼《しんらい》できる人』を交えてだ。

「なるほど。そういうことなら――構いませんよ」

その当人が、話を聞き終え、あっさりと頷《うなず》く。

「正宗《まさむね》くんがちゃんと眠《ねむ》るまで、監視《かんし》していればいいのでしょう？」

スーツ姿のその女性は、和泉京香《いずみきょうか》。俺《おれ》と紗霧《さぎり》の保護者で、現在この家で同居中。

「お願い……してもいい？」

紗霧《さぎり》が、すがるような声を向ける。

京香《きょうか》さんは、例のごとく、氷のように冷たい声色《こわいろ》で──

「もちろんです」

温かい言葉を返す。微笑《ほほえ》ましい家族のやり取りだ。

なお依然《いぜん》としてこの家族会議に、俺《おれ》の発言権はない模様。

「えっと、あの俺《おれ》……」

正座の体勢から、こうして、ちょっとでも口を挟《はさ》もうとすると、

「黙《だま》りなさい」

ギロリとメデューサのごとき凝視《ぎょうし》が飛んでくる。

ヒエ……。

「貴方《あなた》という子は、まったく……あれほど無理はしないようにと言っておいたのに……」

京香《きょうか》さんは、俺《おれ》をにらんでいた視線をわずかに緩《ゆる》め、己《おのれ》の胸にそっと片手を添《そ》える。

「覚悟《かくご》しなさい正宗《まさむね》くん。この私が、全力で甘《あま》やかしてあげましょう！」

みよ、妙《みょう》に張り切っているな……。

「というわけで、正宗《まさむね》くん！　今日はこの部屋で眠《ねむ》りなさい。いいですね？」

否応《いやおう》なく、そういうことになった。

ここは二階にある京香《きょうか》さんの部屋だ。

仏壇《ぶつだん》のある和室——以前、俺《おれ》の両親が使っていた部屋でもある。

いまは布団《ふとん》が並べて敷《し》かれている。

「ええと……京香《きょうか》さん、寝《ね》る前に、もう少しだけ仕事を……」

「ダメです。子供はもう寝《ね》る時間ですよ」

俺《おれ》の懇願《こんがん》を、きっぱりと斬《き》り捨《す》てる京香《きょうか》さん。

お風呂上《ふろあ》がりのパジャマ姿からは、ふわりと大人の色香《いろか》が漂《ただよ》っている。

「お昼まで寝《ね》ていたとはいえ……徹夜《てつや》続きだったのです。まだ眠《ねむ》いでしょう？」

「まぁ……それは……そうですけど」

「では、今日はもう寝《ね》るとしましょう。——電気、消しますよ？」

京香《きょうか》さんは、紐《ひも》を引いて電気を消す。続いて、彼女《かのじょ》が布団《ふとん》に横たわる気配。

やむなく俺《おれ》も、自分の布団《ふとん》へともぐりこんだ。

「……いまさらですけど、京香《きょうか》さんと同じ部屋で寝《ね》ることに、抵抗《ていこう》が……」

なんとか自分の部屋に帰らせてもらえないだろうか？

そう思っての呟《つぶや》きだったわけだが。

京香《きょうか》さんは、きょとんとした声で返事をする。

「？　どういうことですか？」

「いえ、ですから」

段々と目が暗闇《くらやみ》に慣れてきた。

寝《ね》ころんだまま京香《きょうか》さんの方を向くと、彼女《かのじょ》の整った顔が、ぼんやりと浮《う》かび上《あ》がる。

「……俺《おれ》、いちおう、男子高校生なわけで……女性と一緒《いっしょ》の部屋ってのは、どうも……」

俺《おれ》の意図を察したのだろう。京香《きょうか》さんは、くすりと微笑《びしょう》した。

「ふふっ……なにを言うかと思えば……私は、正宗《まさむね》くんのことを赤《あか》ん坊《ぼう》の頃《ころ》から知っているのですよ？　本当に……もう……笑わせないでください……」

よほど面白《おもしろ》かったのだろう。京香《きょうか》さんは、くすくすと笑い続けている。普段《ふだん》は、（本心は違《ちが》うとわかっていても）怖《こわ》い雰囲気《ふんいき》がある女性なのだが……何故《なぜ》かいまは、それがなく、穏《おだ》やかな空気をたたえていた。よく顔を覗き込めば、微笑《びしょう》にも見える程度に。

彼女《かのじょ》が笑う理由はわかるのだが、俺《おれ》としてはやっぱり抵抗《ていこう》があるし、すぐ隣《となり》に綺麗《きれい》なお姉さんがパジャマ姿で寝《ね》ていたら、胸元《むなもと》が気になったりもする。

もう少し、しっかりと掛布団《かけぶとん》をかぶって欲《ほ》しい。

「いやあの京香《きょうか》さんはそうかもしれませんけど！」

俺《おれ》は、二重の意味で恥《は》ずかしくなってしまい、心の裡《うち》を正直に吐露《とろ》した。

「俺《おれ》はドキドキしちゃうんです！」

「家族なのに……ですか？」

京香《きょうか》さん的には、俺《おれ》が隣《となり》に寝《ね》ていても——当たり前だが——異性として意識したりはしないらしい。まぁ、京香《きょうか》さんからしたら、俺《おれ》みたいな年下の男は、ガキに見えるんだろうな。

「だって俺《おれ》、いままで京香《きょうか》さんのことを誤解してて、避《さ》けてましたから。もちろんいまは家族だと思ってますけど……感覚としては、叔母《おば》さんというより、『従妹《いとこ》のお姉さん』みたいな感じです。普通《ふつう》に異性として意識しちゃいますし、隣《となり》で寝《ね》てたら……その……緊張《きんちょう》します」

「そ、そうなんですか」

俺《おれ》の羞恥《しゅうち》が伝染《うつ》ったのか、京香《きょうか》さんもドギマギとしている様子だ。

なんだか妙《みょう》に気まずくて。

そのせいで、なにか言わなきゃ、フォローしなきゃって焦《あせ》ってしまって。

余計な台詞《せりふ》が、口をついて出てきてしまう。

「えっと、それに……」

「そ、それに？」

「ラノベでは、血のつながった兄妹《きょうだい》で恋愛《れんあい》とか、普通《ふつう》ですし」

「！」

反応は劇的だった。

薄闇《うすやみ》の中でさえ、京香《きようか》さんが赤面し、超動揺《ちようどうよう》したのが、はっきりと見て取れた。

がば！　と、上体を起こして、

「に、兄さんのことなんか、好きじゃないですから！」

「え、や、別に、京香《きようか》さんと親父《おやじ》のことを言ったわけじゃ……」

「わわわ、わかってますとも！」

わかってる人のリアクションじゃないですよ！

京香《きようか》さんは、ドタンと上体を再び倒《たお》して、ごまかすように言う。

「もう寝《ね》ますよ！」

「は、はい」

お互《たが》い、グルンと背中合わせになって寝転《ねころ》ぶ。

シン、とした静寂《せいじやく》。つい数秒前まで騒《さわ》いでいたから、無音が余計に際立《きわだ》つ。

どのくらいそうしていただろう。

五分か、十分か……

ふと、俺《おれ》の背に、声がかけられた。

「正宗《まさむね》くん。まだ、起きていますか？」

「……はい」

京香《きょうか》さんの方を向くと、彼女《かのじょ》も同じように俺《おれ》を見ていた。

「私は……貴方《あなた》に謝《あやま》らなければいけません」

「えっ……なにをですか？」

本当にわからなかったので、問い返した。

「私の考えでは、もう少し、正宗《まさむね》くんに楽をさせてあげられるはずだったんです。料理も、掃除《そうじ》も、ぜんぶやってあげようって……いままで何もできなかったぶん、貴方《あなた》たち兄妹《きょうだい》の世話を焼こうって……はりきっていたんですけどね」

……そんな風に、思っていてくれたのか。

「ところが実際に同居してみたら……あまりにも私には、貴方《あなた》にしてあげられることが少なかった。仕事を手伝うことも、紗霧《さぎり》さんの食事を代わりに作ってあげることもできなかった」

「そんなことないですよ！　ちゃんと家事は分担してもらっていますし……そもそも京香《きょうか》さんが一緒《いっしょ》に暮らしてくれなければ、今回の同居は成立していないんですから」

この同居計画は、真希奈《まきな》さんの『良《い》い脚本《きゃくほん》を書くため』というワガママで始まった。

見知らぬ他人と同居しなくてはならない紗霧《さぎり》の負担を軽減するため、俺《おれ》たち兄妹《きょうだい》は、信頼《しんらい》できる家族である——京香《きょうか》さんを頼《たよ》ったのだ。

いま、『世界で一番可愛《かわい》い妹』のアニメ制作が順調に進んでいるのは、京香《きょうか》さんのおかげだ。

俺《おれ》も、紗霧《さぎり》も、真希奈《まきな》さんも、そう思っている。

「感謝しています。とても」

「…………変わりませんね、貴方《あなた》は」

ふぅ、という儚《はかな》い吐息《といき》。

「ほんのちいさな子供の頃《ころ》から……大人びたことばかり言って、やって……。……私は、貴方《あなた》のそういうところが、とても嫌《きら》いでした」

「……ごめ」

「ごめんなさい、とは、言わないでください」

京香《きょうか》さんの人差し指が、俺《おれ》の唇《くちびる》をふさぐ。

「それは、正宗《まさむね》くんの美点でもあるのですから。……そうならざるを得なかったのは、私を含《ふく》めた周りの大人の責任ですしね」

俺《おれ》がまだ幼い頃《ころ》、お袋《ふくろ》――俺《おれ》の実母のことだ――が亡《な》くなって。

それから和泉正宗《いずみまさむね》は、父子家庭の鍵《かぎ》っ子《こ》として過ごしてきた。

寂《さび》しそうにしているお父さんのために、必死になって、お母さんの真似《まね》ごとをしていた。

京香《きょうか》さんは、そのことを言っているのだろう。

「……実際、兄さんは貴方《あなた》に救われていたと思いますよ」

「……そうでしょうか」

「ええ……実に情けない父親です」

京香《きょうか》さんは、ふっと――ここにはいない誰《だれ》かをからかうように微笑《びしょう》する。

「俺《おれ》、京香《きょうか》さんに親父《おやじ》の悪口を言われるの……嫌《きら》いだったんですけど。やっとわかりました」

「な、なにがですかっ？」

俺《おれ》が親父《おやじ》の話を振《ふ》ったとたん、京香《きょうか》さんは見るからに落ち着きをなくす。

普段《ふだん》はあんなにもクールな人なのに……。

そのギャップがなんとも面白《おもしろ》くて、俺《おれ》はついつい噴《ふ》き出《だ》してしまう。

「ま、正宗《まさむね》くんっ？」

「いえ、すみません――」笑いを堪《こら》えて言う。「当時の京香《きょうか》さんは、親父《おやじ》を貶《おとし》めるために言ってたんじゃなかったんだな、ってことです」

怖《こわ》い顔と声で喋《しゃべ》るものだから、ずっと長いこと誤解していた。

「むしろ……そう、ラノベでは、京香《きょうか》さんみたいな人をこう呼ぶんです」


「――ツンデレ妹と」

「だから違《ちが》うと言っているでしょう！　私はっ……兄さんなんて、大っっ嫌《きら》いですから！」

「あははは！」

心から甘《あま》えられる相手を、からかって、笑う。

たぶん、こういうことだったのだろう。

形こそ違《ちが》うけれど、当時の京香《きょうか》さんと、その兄のやり取りは……

家族同士の、親愛の交流だった。

「まったくもう……そういうところは父親に似なくていいんですよ……」

「すみません」

「はぁ……」

赤くなっていた京香《きょうか》さんは、そこで表情を引《ひ》き締《し》める。

「だとしても。当時の私が、正宗《まさむね》くんのことを怯《おび》えさせてしまっていた事実は消えません。……冗談《じょうだん》は冗談《じょうだん》と受け取られず、忠告は恫喝《どうかつ》に変わり、誤解を招いて空回り。よかれと思ってやったことが、最悪の結果を生む――それが私という人間です」

いつだってそうだった、と、彼女《かのじょ》は言う。

「それでも――いえ、だからこそ……」

京香《きょうか》さんは、俺《おれ》の目を見て、

「貴方《あなた》たち兄妹《きょうだい》は、私が守ります」

この……彼女《かのじょ》の強い決意は、どこから来るのだろう？

「……長話をしてしまいました。今度こそ、おやすみなさい、正宗《まさむね》くん」

俺《おれ》たちを引き取ってくれた理由と、関係あるんですか……？

とは、聞けなかった。


翌朝。俺《おれ》は妙《みょう》な寝苦《ねぐる》しさで目を覚ました。

「……む……ぐ……」

なんか……呼吸がしづらい。

いつものベッドではなく、布団《ふとん》で寝《ね》たからだろうか……？

ていうか俺《おれ》、いま、どんな体勢で寝《ね》てるんだ……？

半覚醒《かくせい》の頭でそこまで思考し、ようやく目を開ける、と――

「！」

まず最初に思ったのは『俺《おれ》、まだ夢を見ているのかな？』だ。

俺《おれ》の頭が、京香《きょうか》さんの胸の谷間に挟《はさ》まっていた。

彼女《かのじょ》の腕《うで》は俺《おれ》の背に回され、ぎゅう、と、抱《だ》きかかえられている。

ふにゃ、という柔《やわ》らかな感触《かんしょく》。

「んなっ……きょ、きょきょきょ……」

――べっ、別々の布団《ふとん》で寝《ね》ていたはずなのに……っ！

紗霧《さぎり》とはまた違《ちが》う、大人の女性の香《かお》りに、俺《おれ》の脳が一瞬《いっしゅん》にしてとろけていく。

上目《うわめ》づかいで、京香《きょうか》さんの顔をうかがうと、

「……ん……ぅ……」

彼女《かのじょ》はいまだ、安らかな夢の中にいるようだった。

そして、

「……兄さん…………………す……」

甘《あま》いささやき声。

親父《おやじ》⁉　親父《おやじ》ィ――⁉

アンタ、妹とどんな関係だったんだよ！

息子《むすこ》に邪推《じゃすい》されても仕方がないシチュエーションと寝言《ねごと》だぞオイィィ‼

「む……ぐ……！　くっ……」

ともあれ、この状況《じょうきょう》を続けるのはマズい！　非常にマズい！

俺《おれ》はなんとか、天国と地獄《じごく》の狭間《はざま》というか谷間から逃《のが》れるべく身をよじる。

だが、

「……逃《に》がしません……私が……甘《あま》やかしてあげるんですから……」

半分以上眠《ねむ》っている京香《きょうか》さんは、妙《みょう》に悪戯《いたずら》っぽい声で、たくみに俺《おれ》を拘束《こうそく》し続ける。

というか――余計に密着度があがって、抱《だ》き枕《まくら》になったような気分だ。

「きょ、京香《きょうか》さん……ちょ……離《はな》し……」

この感触《かんしょく》は……やばい。力が抜《ぬ》ける。脱出《だっしゅつ》しようという気分が萎《な》えていく。

ふらふらと底なし沼《ぬま》に落ちていくような。

陥落《かんらく》寸前——

ばんっ！　と、部屋の扉《とびら》が開け放たれた。

「おはようマサムネ君！　今朝は私が食事を作った——……ぞ？」

現れたのは、エプロン姿のムラマサ先輩《せんぱい》。威勢《いせい》のいい朝の挨拶《あいさつ》が、状況《じょうきょう》を認識《にんしき》するにしたがって、途切《とぎ》れていき——

「にゃにをやっているのだぁぁあぁぁぁ——!!」

大絶叫《ぜっきょう》がとどろいた。


朝食前に、速攻《そっこう》で家庭裁判が始まった。各人の配置は前回の裁判同様、正面にエルフ裁判長、右にムラマサ検事、傍聴《ぼうちょう》人のエロマンガ先生という布陣《ふじん》。

早朝なので寝坊助《ねぼすけ》の真希奈《まきな》さんはいない。役立たずだったとはいえ、弁護人すら不在。

そして、被告《ひこく》人席（床《ゆか》）で正座させられているのは、俺《おれ》と——

「これより『和泉京香《いずみきょうか》・甥《おい》と同衾《どうきん》事件』の家庭裁判を開廷《かいてい》するわ！」

「罪状！　都条例違反《いはん》その他もろもろの淫行《いんこう》！」

「判決！　有罪！」

カンカンカン！ と、エルフ裁判長がおもちゃの槌《つち》を連打する。

「ま、待ってください！ 誤解ですっ！」

パジャマのまま、俺《おれ》とともに正座させられている京香《きょうか》さんが、判決に異議を申し立てる。

「言い訳の余地はないわ！ 目撃《もくげき》者がいるのよ！ こんのぉ……ラッキースケベババア！」

「んなッ……!?」

いくらなんでも、ひどすぎる呼び名であった。

京香《きょうか》さん若いのに……。シドーくんの気持ちが少しわかった。

もちろん言われた当人である京香《きょうか》さんも黙《だま》っちゃいない。

「なんて人聞きの悪いことを……！ あれはたまたまです！」

「思いっきり抱《だ》き合《あ》って寝《ね》ていたではないか！ あれをたまたまだと!? 私もたまたまマサムネ君をぎゅーしてもいいんだな！」

ダメに決まってんだろ！

「…………………………」

ちなみに机上《きじょう》のPCに映るエロマンガ先生は、お面をかぶったまま沈黙《ちんもく》していて逆に怖《こわ》い。

エルフが、おもちゃの槌《つち》を京香《きょうか》さんに突《つ》き付《つ》けて言う。

「これは——事案よ！ わりとマジで通報案件だからね！」

「だ、だから違《ちが》うと言っているでしょう！ 私たちが眠《ねむ》っていた『場所』をもう一度よく思い出してみてください！　あれは――正宗《まさむね》くんの方から私の布団《ふとん》に入ってきたんです！」

「えぇぇぇぇ!!」

まさかのパスがきやがった！　ちょっと！　勘弁《かんべん》してくださいよ！

ムラマサ先輩《せんぱい》が、なんだと！　という顔で勢いよく俺《おれ》を見る。

「た、確かに！　思い返してみれば、ふたりが寝《ね》ていた位置関係……マサムネ君から寄っていったと考えた方が自然ではある……っ！」

「どうなの！　マサムネ！」

「そんなこと言われてもわかんねえよ！　寝《ね》てる間のことだぞ！」

「というか、その話が真実だったとして！　マサムネ君の布団《ふとん》へと、押《お》し返《かえ》せばよかっただけだろうが！　そのまま一緒《いっしょ》に寝《ね》る必要がどこにある！」

「それは……その……私も眠《ねむ》かったですし……甘《あま》やかしたいという気持ちもあり……」

京香《きょうか》さんがモジモジと言葉をにごせば、ムラマサ先輩《せんぱい》とエルフがさらなる追及を加える。

ぎゃあぎゃあと騒《さわ》がしいやり取りがしばし続き――


「……で？」

ささやくような呟《つぶや》きが、場の雰囲気《ふんいき》を凍《こお》らせた。

「けっきょく……どうするの？」

「え、えっと………」

「さ、紗霧《さぎり》？」

「京香《きょうか》ちゃんでも、だめだったんだけど？　どうするの？」

ひぇぇぇ〜〜〜〜〜〜〜〜!!

その場の全員が震《ふる》えあがった。

紗霧《さぎり》は、小さな声で喋《しゃべ》っているだけなのに……ド迫力《はくりょく》なんですけど……。

メルルのかわいいお面が、とてつもなく恐《おそ》ろしい呪物《じゅぶつ》であるかのようにさえ見える。

皆《みな》を代表する形で俺《おれ》が言う。

「そ、それは……ええと、アレだ……とっ、とりあえず――」

「とりあえず？」

ううう、妹の目が冷たい……！

「保留だ！　なぜなら今日は、これから急な呼び出しで編集部に行くことになっているから！　そのあとはすぐに同じ建物内で脚本《きゃくほん》会議がある！　だから……いま、この件で話し合ってる暇《ひま》がない！　……その……夜に帰ってくるまでには、何か考えておくからさ！」

俺《おれ》は苦《くる》し紛《まぎ》れに、全力で時間を稼《かせ》ぐ策を取る。

「……期待しないで待ってる」

朝食の間中……気まずい空気が消えることはなかった。

神楽坂《かぐらざか》さんの急な呼び出しの理由は、大量のサインを書くというものだった。加えて、ゲーム関係の確認《かくにん》が幾《いく》つかあり……それらがすべて終わったあと、十八時から出版社の大会議室にて、脚本《きゃくほん》会議が始まった。

今日は七月三十日。

アニメ『世界で一番可愛《かわい》い妹』シリーズ構成第二稿《こう》と、第一話脚本《きゃくほん》の締《し》め切《き》り日《び》でもある。

ギリギリではあったものの——無事に完成。

プリントアウトされたものが、会議参加者の手元に配布されている。

会議に参加しているのは、原作者である俺《おれ》・和泉《いずみ》マサムネに加え、アニメ監督《かんとく》の雨宮静江《あまみやしずえ》さん、脚本《きゃくほん》家の葵真希奈《あおいまきな》さん、プロデューサーの赤坂透子《あかさかとうこ》さん、そして、原作担当編集の神楽《かぐら》坂《ざか》さんと、その他アニメスタッフの皆《みな》さんという面々。

本日の議題は、真希奈《まきな》さんが、たったいま提出したばかりのシリーズ構成第二稿《こう》と、第一話の脚本《きゃくほん》についてだ。

まずは脚本《きゃくほん》を、皆《みな》で読《よ》み込《こ》む。

しばしの時が経《た》って……

「……うん」と、雨宮監督《あまみやかんとく》が頷《うなず》いた。

「読み終わった」

無口な人なので、そのリアクションがどういう意味なのかは判じかねる。

が……赤坂《あかさか》Pや、アニメスタッフたちが、そろって胸を撫《な》で下《お》ろしている。

どうやら、良感触《かんしょく》、ということらしい。

張《は》り詰《つ》めていた空気が、緩《ゆる》んでいくのがわかった。

そして、原作者である俺《おれ》も、強い手ごたえを感じていた。

――よし！ さすが真希奈《まきな》さん。これなら安心だ――

先月は、脚本家《きゃくほん》が別の人に代わる――なんて話も出て、どうなることかとハラハラしたけれど……いまは、確実に良《い》い方向へと進んでいる。

雨宮監督《あまみやかんとく》が、穏《おだ》やかに目を細め、真希奈《まきな》さんを見る。

「……じゃあ……これから、意見を言っていきます」

脚本《きゃくほん》会議が、本格的に始まった。

そして――

俺《おれ》や監督《かんとく》から、幾《いく》つかの修正案や確認《かくにん》などがあったものの、その場で修正できる程度のものだったので、真希奈《まきな》さんはすぐに脚本《きゃくほん》を再提出。

シリーズ構成第二稿《こう》についても議論したが、こちらは修正点なしという結論。

「では、早くもこれで決定稿《こう》……ということで」

赤坂《あかさか》Pが、トントン、と書類を整頓《せいとん》しながら言う。

雨宮監督《あまみやかんとく》も、ゆっくりとした口調で真希奈《まきな》さんをねぎらった。

「……真希奈《まきな》ちゃん、お疲《つか》れさまでした。いいペース……だね」

「まぁね～～～♪　面白《おもしろ》かったでしょ！　我ながら自信あるんだよね！　つかもー正宗《まさむね》さんと同棲《どうせい》を始めてから、創作意欲湧《わ》きまくりで！　毎日楽しくてしょうがないんだよ！」

「ふふふ……それはよかったですね、葵先生《あおい》」

黒幕めいた含《ふく》み笑《わら》いを漏《も》らす赤坂《あかさか》P。

「同時期に放映が決定している例の作品に、勝てそうですか？」

「いやぁーこれは勝ったね！　真希奈《まきな》ちゃんはさいきょーですし！　わざわざ煽《あお》りビデオ送ってきた貧乳《ちっぱい》マジざまあ。中二病量産機ざまあ。闇《やみ》の炎《ほのお》に抱《だ》かれて爆死《ばくし》しろ！」

ライバル作品の決めポーズまで真似《まね》て、パロゼリフで勝《か》ち誇《ほこ》る真希奈《まきな》さん。

『まだ始まってもいないのに調子に乗るな』という自分の台詞《せりふ》を完全に忘れている。

ラスボスの風格を湛《たた》える赤坂《あかさか》Pといい、頼《たよ》りになるクズども……もとい制作陣《じん》であった。

真希奈《まきな》さんのマンションで見たメッセージビデオ。

あれを送ってきた例の女性も、最近パッとしない真希奈さんに発破をかける意味で、あんな煽《あお》るような言い方をしていたんじゃないかな——なんて思うのだが。

そこで躊躇《ちゆうちよ》なく全力の復讐《ふくしゆう》に走るのが、真希奈《まきな》さんである。

この人と同じ陣営《じんえい》に属していることに、心強さと同程度の、良心の呵責《かしゃく》を感じるよ。

同期放送の他アニメ作品は、『白』。

俺《おれ》たち『世界妹《セカイモ》』制作陣《じん》は、『黒』。

『白』と『黒』とがはっきり別れて感じられる。

いまの俺《おれ》って、夢を叶《かな》えるために『邪悪《じゃあく》なる黒』の中にいるんじゃないの？

悪の天才脚本家《きゃくほんか》を擁《よう》するは、金満大正義のアニメ制作会社。

作っているのはラブコメラノベアニメ。

そんでもって現状優勢。

これ、お仕事ものの作品だったなら、完全に悪役ポジの陣営《じんえい》だろう。

別に構わんけどな。

最終的に妹が笑ってくれるなら——それだけで俺《おれ》の完全勝利なのだから。

そのためなら、白とか黒とかどうでもいいや。悪の陣営《じんえい》でもいいや。

心からそう思う。

ともあれ、アニメ放映まであと九か月——アニメ制作の初期段階である脚本《きゃくほん》作りは、いまのところ順調に進んでいた。

真希奈《まきな》さんが、大きな胸をたゆんとさせつつ俺《おれ》を指さす。

「っつーわけで正宗《まさむね》さん！　やつをブッ殺すために、第二話は原作者脚本《きゃくほん》でよろ！」

「えええ！　唐突《とうとつ》に何を言い出すんですか!?」

「シリーズ構成にも書いたけど、第二話は原作とかなーり変えなきゃだから、原作者に書いて欲《ほ》しいんだよ」

彼女《かのじょ》はガラリと真剣《しんけん》な様子で、

「絶っっったい！　良くなるから！　お願いっ！」

「俺《おれ》、脚本《きゃくほん》なんて書けないですよ！」

「大丈夫《だいじょうぶ》だって書ける書ける。そばで、わたしが脚本《きゃくほん》書いてるとこ見てたでしょ？　あんなかい、い、いい感じでやればいいいから」

「で～～～た～～～よ～～～」

「な、なにさぁ！」

俺《おれ》は、指を折りながら教えてやった。

「先輩《せんぱい》クリエイターあるあるその一――なんでも超《ちょう》簡単そうに言う」

「むむっ」

「先輩《せんぱい》クリエイターあるあるその二――自分ができることは他人にも当然できると思っている」

あんい、い、な感じでやればいいいかかい、ら。

みんなそう言う。

できねーよアホって思われているから、気を付けた方がいい。

「いやいや！　できるってば！　謙遜《けんそん》しないでよ！」

「謙遜《けんそん》ではなく。――もちろん表記形式《フォーマット》とかは覚えましたし、予習も練習もしてきてますし、『脚本《きゃくほん》を書く』ことはできると思います。ただ、真希奈《まきな》さんと同等以上の出来栄《できば》えのものを書く自信がありません」

小説家と脚本《きゃくほん》家は、必要な技能に一部被《かぶ》りがあるものの――基本的には別物である。

専門家でもないラノベ作家がいきなりやって、できるようなものじゃない。

原作者が書いた方が……みたいなことを簡単に言う人がいるけれども、それで良《い》いものができるかというと、かなり怪《あや》しいと俺《おれ》は思う。

一年ほど前、紗霧《さぎり》と再会した頃《ころ》に、アニメの脚本《きゃくほん》を先走って書いたことがあったけれど。

いま見直してみると、あれの出来はひどいものだった。

「そりゃそうでしょ！　キミがわたしより良《い》い脚本《きゃくほん》が書けるなら、わたしいらないじゃん！

別に、第一稿《こう》からわたし以上のものを書けなんて言ってないよ」

疑問を呈《てい》した俺《おれ》に、真希奈《まきな》さんは言う。

「脚本《きゃくほん》会議には、わたしを含《ふく》めて専門家がそろってるんだから。話し合って、直して、最終的にわたしが書くよりも良《い》い一話を完成させてくれればいいんだよ。原作者であるキミには、それができると思ってる」

ぐっと身体を乗り出して、キャラデザ資料を突き出《だ》して、

「何故《なぜ》なら、この子たちを一番よくわかってるのは、やっぱりキミだから！　脚本《きやくほん》家として

の経験はわたしたちで補うから、原作にないシーンを本物にするために、キミに直接『魂《たましい》』

を込《こ》めて欲《ほ》しいんだっ！」

あふれる熱意が、風となって、轟々《ごうごう》と吹《ふ》き付《つ》けて来るかのようだった。

「それでアニメがよくなるんですね？」

「もちろん！」

……ここまで言われてしまったら。

「わかりました……——やってみます！」

観念して、そう答えるしかなかった。

モチベーションがギュンと上がり、胸の裡《うち》で燃え上がる。

よし……よし、やるかあ！　予習の成果を、いまこそ発揮するときだ！

「そうこなくっちゃ！　ってわけで来週の議題は、正宗《まさむね》さんが書いてくるであろう第二話の

脚本《きやくほん》についてだね！　よっろしくぅ♪」

「葵《あおい》先生も、さっそく第三話の脚本《きやくほん》に取《と》り掛《か》かってくださいね」

「…………は、はぁい」

赤坂《あかさか》Pから、しっかりと釘《くぎ》を刺《さ》された真希奈《まきな》さんであった。

「和泉《いずみ》先生は、残っていただけますか？」

脚本《きやくほん》会議が終わったあと、帰ろうとした俺《おれ》を、神楽坂《かぐらざか》さんが引き留めた。

「はい、なんでしょう？」

「色々と相談したいことがありまして。主にスケジュールについて……」

「あー、はい、わかりました」

神楽坂《かぐらざか》さんは、椅子《いす》に座《すわ》って、ノートPCの画面に向かっている。

視線はそのままに、ちょいちょいと指で俺《おれ》を招く。

俺《おれ》が、ジェスチャーの示すままに近寄ると、彼女《かのじょ》はこんな話を切り出してきた。

「実はエロマンガ先生から、和泉《いずみ》先生のスケジュールについて、怒《いか》りのメールがガンガン届いているんですよね」

「はあ」

心当たりがありすぎる。

「要約すると『あいつの仕事多すぎ！　なんとかしろ！』という内容なんですが。『進行中の企画《きかく》ふたつくらい止めろ』とか、無茶苦茶言ってきてます」

あのブチキレ具合なら、そのくらい言うとは思う。

たとえば、いま一番スケジュールがヤバいのはゲーム関連の仕事なのだが——

「一応聞きますけど……止めるとか、無理……ですよね」

「哀《かな》しいけどやつらスポンサーなのよね。アニメの制作委員会にゲームメーカーが名を連ねている場合、必ずゲームは作らないといけません！」

「マジすか」

「マジですマジです！　他のどの編集者に聞いてもそう言いますよマジで！　ってわけで、ゲームに限らず、派生商品の監修《かんしゅう》やら書き下ろしやらは、原作者の義務だとご理解くださいな。絶対やってください。拒否権《きょひ》とかないんで」

騙《だま》そうとしてるときの話し方なんだよなあ……。

とはいえ、『夢』のためにも、原作ファンのためにも、やった方がいい仕事だ。

それに……

「個人的にゲーム化は超嬉《ちょううれ》しいんで、せっかく作るなら面白《おもしろ》いものにしたいですし、一度関わった以上は、途中《とちゅう》で放り出すわけにもいきません。ちゃんと最後までやり遂《と》げますよ」

「ですね。なので、エロマンガ先生にはなんとか納得《なっとく》していただかないといけないんですが――とりあえず、この表を見てください。和泉《いずみ》先生のスケジュールについて、現状を表したものです」

神楽坂《かぐらざか》さんが表示させたのは、表計算ソフトで作られたスケジュール表だ。

現在進行中の企画《きかく》複数について、それぞれ次の締《し》め切《き》り等を示している。

和泉《いずみ》マサムネが関わっている企画《きかく》は、左記のとおり。

原作小説『世界で一番可愛《かわい》い妹』。

アニメ『世界で一番可愛《かわい》い妹』。

携帯ゲームADV『世界で一番可愛《かわい》い妹』。

ソーシャルゲーム『世界で一番可愛《かわい》い妹』。

大きなものでは、この四つ。細かい仕事については説明がめんどいので省略する。

重要なのは、次の締《し》め切《き》りがすべて八月に集中していることだ。

「これ、締《し》め切《き》りズラせないんですかね？」

「私の巧《たく》みな交渉《こうしょう》術でズラせますが、最終的なデッドラインは、どの企画《きかく》もほぼ同じだと思いますよ。何故《なぜ》かというと、これらの企画《きかく》はすべて、『世界で一番可愛《かわい》い妹』のアニメ化に合わせて始動したものだからです。アニメ放映中にＣＭを流して、販促《はんそく》効果が切れる前に発売したいわけです。よほどの理由がない限り、延期はあり得ません」

「つまり？」

「制作期間がモロ被《かぶ》りなのは必然なので諦《あきら》めましょう！」

勢いのある結論だった。

「……それじゃあ、エロマンガ先生が納得《なっとく》しないと思います。俺《おれ》としても、これ以上、妹に心配をかけるわけにはいきません」

「そういうわりに、さっき自分で仕事ひとつ増やしましたよね？」

「そ、そうですけど！　あれは――」

「どうしても必要なことだと判断されたんでしょう？　わかります――ですから私も、止めませんでした。そして！」

神楽坂《かぐらざか》さんは、ノーパソを操作し、新しい表を俺《おれ》に見せた。

「御覧《ごらん》ください！　私の巧《たく》みな交渉《こうしょう》術で！　なんとソシャゲの仕事を九月にズラすことに成功しました！」

「おおっ！　やるじゃん神楽坂《かぐらざか》さん！　たまには編集者らしいこともするんすね！」

「いやぁ～、そんなに褒《ほ》めないでくださいよ和泉《いずみ》先生！　あんなやつらを言いくるめることくらい、有能編集者たるこの私にとっては朝飯前なんですから！」

先方には聞かせられない会話である。

「で……これが俺《おれ》の、新しい八月のスケジュールですか」

表に目を通した、俺《おれ》の感想を言おう。

「えーと……見間違《みまちが》いかな？　来週の仕事、増えてません？」

「増えてますね。九月にズラした仕事の代わりに、先ほど安請《やすう》け合《あ》いした脚本《きやくほん》の仕事と、もう一つ、私が取ってきた別の仕事を入れてあります。その代わり、来週さえ乗り切れれば、とりあえず急ぎの仕事はなくなりますから、そこまでがんばってください。和泉《いずみ》先生なら楽勝でしょ？　夏休みで学校もないし」

「俺《おれ》は小説を書くのが速いだけで専門外の仕事だと普通《ふつう》に時間がかかるんです！　だいたい──いま我《わ》が家《や》では『徹夜禁止令《てつや》』が発令中なんですよ⁉」

「それでも──和泉《いずみ》先生ならできると信じています！　この程度のピンチ、いままでだって何度も乗《の》り越《こ》えてきたじゃないですか！」

「薄《うす》っぺらい精神論はやめろぉおぉお！」

どのラノべから引用してきやがった！　せめて自分の言葉で話せや！

「真剣《しんけん》な話、私の作ったこのスケジュールどおりに進行できるかどうかで、和泉《いずみ》マサムネという作家の運命が変わってくると思います。ムラマサ先生は例外として、うちのレーベルで一線で活躍《かつやく》している大人気作家さん方は、今の和泉《いずみ》先生と同じような状況《じょうきょう》になり、苦悩《くのう》し、そして乗《の》り越《こ》えてきました」

担当編集から冗談《じょうだん》の色が消え、まっすぐに俺《おれ》を見つめてくる。

「全員が、です。なぜなら、乗《の》り越《こ》えられる作家さん方でないと、大人気になどなりはしないからです。それほど最前線は過酷《かこく》です。アニメに限らず『世界妹《セカイモ》』という作品にとって、来週は、そのくらいに重要な局面とお考えください」

「…………………」

俺《おれ》も、彼女《かのじょ》の言葉を重く受け止める。

「プライベートで色々あるのはお察ししますが——来週だけは、家族が怒《おこ》ろうが、恋人《こいびと》にフラれようが、無視してください。『徹夜《てつや》禁止令』なんて解除して、すべての仕事をやり切るべきです。一生に何度もないチャンスを前にした担当作家への、心よりのアドバイスです」

彼女《かのじょ》は、悪魔《あくま》の笑顔《えがお》で言う。

「いかがでしょうか、和泉《いずみ》先生」

「ただいま——ッって、うわ!? なんだ!?」

帰宅した俺《おれ》は、靴《くつ》を脱《ぬ》ぐ暇《ひま》もなく、殺気だった女性陣《じん》に取り囲まれた。

「マキナから聞いたわよマサムネ！ この期《ご》に及《およ》んで脚本《きゃくほん》まで書くって——あんた、バカじゃないの!? どんだけ仕事抱《かか》えてんのよ！ 一人でやったら一か月以上かかるわよ！」

と、エルフ。

「本当に大莫迦《ばか》者だな君は！ 出かける前よりも仕事が増えているではないか！」

と、ムラマサ先輩《せんぱい》。

「まったく！ 無能な営業ですか貴方《あなた》は！」と、京香《きょうか》さん。

エルフの持つタブレットからは紗霧《さぎり》が、トドメとばかりに、

「もぉぉ……兄さんのあほぉっ！」

さんざんな言われようである。

張《は》り詰《つ》めた空気の中、俺《おれ》は一歩前に出る。

全員の視線が、俺《おれ》に集まっている。

俺《おれ》のために怒《おこ》ってくれているみんなに、俺《おれ》は——

「心配をおかけして申し訳ございません！」

深々と頭を下げる。

いま、俺《おれ》、和泉《いずみ》マサムネは——大きな葛藤《かっとう》を抱《かか》えている。

夢を叶《かな》えるために、来週の仕事は、是《ぜ》が非でもやり切らねばならない。

紗霧《さぎり》に、皆《みな》に、これ以上心配をかけるわけにはいかない。

その二つを、完全に両立させることはできない。


——来週だけは、家族が怒《おこ》ろうが、恋人《こいびと》にフラれようが、無視してください。

——『徹夜《てつや》禁止令』なんて解除して、すべての仕事をやり切るべきです。


だから、悩《なや》んで、悩《なや》んで、考えて、考えて——

こうすることにした。

「でも！　あと一週間だけ——俺と一緒に、がんばってください！　俺《おれ》一人じゃ何度も徹夜《てつや》して、無理して……そうしないとやり遂《と》げられない！　それはもうやりたくないから……！

だから一切《いっさい》の遠慮《えんりょ》なしに、みんなの力を頼《たよ》らせてください！」

「……マサムネ……あんた」

エルフが、驚《おどろ》いた目で俺《おれ》を見ている。ムラマサ先輩《せんぱい》も、京香《きょうか》さんも、同じだ。

俺《おれ》が、ここまで露骨《ろこつ》に、他人の力をあてにしたの……初めてだもんな。

そこまでしなければならない、と思ったのだ。

自分自身の力だけじゃ足りないというなら。

一緒《いっしょ》に仕事をしている企画《きかく》チームメンバーのみならず、家族や友人の力まで、借りられるだけ借りよう。味方になってくれるすべての人たちの力を結集して、作品創りに臨《のぞ》もう。

すべてが終わったあとで、莫大《ばくだい》な恩を返していこう。

情けない結論かもしれないが……

俺《おれ》にとって、総力戦——全力を振《ふ》り絞《しぼ》るとは、そういうことだ。

「そして、今週を乗り切ることができたなら……そのときは……」

「全力で休ませてください！」

「…………………………………」

…………………………………。

返事はない。場には、静寂《せいじゃく》が満ちている。

頭を下げたままでいる俺《おれ》には、彼女《かのじょ》たちの表情はわからない。

そのまま、さらにしばらくの時が経《た》って……

トン……トン……と、階段を下りる音。

それから、タブレット越《ご》しではない儚《はかな》げな声が。

「ほんとに……もう……徹夜《てつや》……しない？」

「……うん、しない」

「……毎日……しっかり……寝《ね》る？」

「……うん」

「私の目を見て、言って」

紗霧《さぎり》は、顔を近づけて来る。

俺《おれ》は顔を上げ、その目をしっかりと見つめる。

「絶対に、倒《たお》れたりしないように——体調管理は、しっかりする！」

「……そっか。なら、いい」

紗霧《さぎり》は、慈愛《じあい》の微笑《びしょう》を浮《う》かべる。

「終わったら、一緒《いっしょ》にお休みしようね」

「ああ！　一日だけじゃないぜ……！　たっぷり二日間、夏休みを取って——その間、誰《だれ》がなんと言おうと絶対に仕事はしない！」

握《にぎ》りこぶしで宣言する。

と、そこで、俺《おれ》たちのやり取りを黙《だま》って見ていたエルフが、やれやれとばかりに口を挟《はさ》む。

「『たっぷり二日間』って、高校生が口にするにしては闇《やみ》深い台詞《せりふ》よね……」

「まぁ、自分から『休む』と口にするようになっただけ、マシではないか？」

ムラマサ先輩《せんぱい》も、安堵《あんど》の息を吐《は》いて言ったものだ。

紗霧《さぎり》が、エルフとムラマサ先輩《せんぱい》に向き直り、頭を下げる。

「エルフちゃん、ムラマサちゃん……私からも、お願い。兄さんを、助けてあげて」

「改めて言われるまでもない。もとより我らは、マサムネ君を助けるためにここにいるのだからな」

「そういうコト」

エルフは、紗霧《さぎり》の肩《かた》に気安く手を置いて、

「最後まで手伝ってあげるわよ！　超《ちょう》売れっ子であるこのわたしは、暇《ひま》じゃないんだけれど！

実は自分の締《し》め切《き》りも結構やばいんだけれど！　あんたたち二人に頼《たの》まれちゃあね！　全裸《ぜんら》になってあげるしかないわ！」

エルフ語を翻訳《ほんやく》すると、たぶん『一肌脱《ひとはだぬ》ぐわ（強）』的な意味だろう。

ムラマサ先輩《せんぱい》が、紗霧《さぎり》のすぐ横で俺《おれ》を見る。

「ゲームシナリオの件だが……すでに一ルート書きあがっているぞ。さあ、さっそくチェックを頼《たの》む。すべての『世界妹《セカイモ》』ファンを狂喜乱舞《きょうきらんぶ》させる、素晴《すば》らしいゲームにしようじゃないか」

「エルフ……ムラマサ先輩《せんぱい》！」

「むろん私も、いままで以上に協力しますよ」と、京香《きょうか》さん。

「京香《きょうか》さん、みんな……！」

感涙《かんるい》を堪《こら》え、俺《おれ》は身体を震《ふる》わせる。そんな俺《おれ》に、皆《みな》はふっと笑って、

「あー、マサムネ君、いちいち感動しなくていいぞ」

「そーそ。何度目よ、このやり取り」

「何度目だろうと感動するときは感動するんだ！　みんな、ありがとう！」

「はいはい。休みになったら、わたしとも遊んで頂戴《ちょうだい》よ」

「私への報酬《ほうしゅう》は、君の小説で構わない。むろん、暇《ひま》になってからでいいぞ」

まるで青春漫画《まんが》のようなやり取りの中——

「あ、正宗《まさむね》さんー。そろそろ茶番終わったぁ？　二話の脚本《きゃくほん》終わったら教えてねん♪　わたし、それ読んでから三話書き始めるからー」

「「いますぐ書けやあ！」」

律儀《りちぎ》にオチを付けにくる、真希奈《まきな》さんであった。

人生で一番忙《いそが》しい一週間が始まった。

「よぉおし！　今日も一日がんばるぞい！」

「確認《かくにん》するわ！　マサムネ！　今週やんなきゃいけない仕事はなに⁉」

「ゲームシナリオ監修《かんしゅう》と、原作小説六巻修正と、脚本《きゃくほん》第二話初稿《しょこう》だ！」

「優先順位は！」

「いま言った順！」

「担当編集から増やされたっていう例の仕事は？」

「あれは小説だったからもう書き終わった」

「……そこは相変わらず速いのね」

「いま紗霧《さぎり》が、それの挿絵《さしえ》を描《か》いてくれているはずだ」

「あの子も働くわねー。エロマンガ先生、アニメキャラデザの原案とか監修《かんしゅう》とかもやってるんでしょ？」

俺《おれ》は、皆《みな》に手伝ってもらいながら、猛烈《もうれつ》な勢いで仕事をした。

かつてのように何日もぶっ続けで——ではない。

よく食べ、よく働き、よく寝《ね》て、また働く。

健康的なサイクルだ。仕事をする時間は減ったが、能率自体は上がっている。

一人じゃ一か月以上かかる仕事が、みるみるうちに片付いていく。

今日も、二階の俺《おれ》の部屋で仕事に励《はげ》んでいた。

「ムラマサ先輩《せんぱい》！　書いてもらったゲームシナリオだけど――」

「面白《おもしろ》かっただろう？」

「面白《おもしろ》かったけど！」

俺《おれ》は、遠慮《えんりょ》なくお願いする。

「ゲームシナリオになってないから直して！」

「なにぃ！　どういうことだ!?」

「俺《おれ》たちがいつも書いている縦書き小説と、ＡＤＶのゲームシナリオじゃ、表示形式が違《ちが》うんだ。今回の場合、横書きで、三行ずつ、画面下部のウィンドウに、表示されるわけ」

「ふむ、だから？」

「縦書き小説のつもりで書いちゃうと、めちゃくちゃ読みにくい。先輩《せんぱい》もＷＥＢで小説を読んでいたならわかるだろ？　日本語テキストは、横書きよりも縦書きに向いているんだ。横書きとの相性《あいしょう》が悪いとまでは言わないけど、よくもない。ゲームシナリオも同じだ」

「なるほど……続けてくれ」

今日では、小説投稿《とうこう》サイトにしろ、ブログにしろ、文章を読みやすく整形する機能が標準搭《とう》載《さい》されているから、レイアウトを意識する機会は少なくなったかもしれない。

それでも、ＷＥＢライターやＷＥＢ小説家なら、嫌《いや》という程《ほど》実感しているだろう。

横書きテキストは、特に取《と》り扱《あつか》い注意。

レイアウト如何《いかん》で、面白《おもしろ》さが減衰《げんすい》してしまう。

「横書きの日本語テキストは、一行にたくさんの文字が並ぶだけで読みにくくなるし、そのまま折り返すとさらにガクンと可読性が落ちる。視線が左右に大きく振《ふ》れて、次の文字を見失うからだ。そんな感じで他にも色々こつが――」

「――説明するのはわたしがやるわ」

俺《おれ》の長台詞《ぜりふ》を、わきからエルフが引き取った。

「ムラマサにゲームシナリオの書き方を調教するのは、こっちでやるから、あんたは自分の仕事を進めなさい」

「っと、そっか。……じゃあ、お任せします、エルフ先輩《せんぱい》」

「任せなさい、後輩《こうはい》」

どん、と胸を叩《たた》くエルフ。

「エルフ貴様《きさま》！　私をチンパンジー扱《あつか》いするのはやめてもらおうか！」

「はいはい、人間様なら半日で覚えられるわよね。わたしが監修《かんしゅう》した『爆炎《ばくえん》のダークエルフ』のゲームを渡《わた》すから、それ見て勉強するといいわ」

「あのゲームなら、この前、原作者本人に見本品を押《お》し付《つ》けられたから、プレイしたぞ」

「そんなこともあったわね。なら、話は早いわ。――あ、あんな感じでやって頂戴」

ホラ出た。あんな感じでやって頂戴《ちょうだい》。

眉《まゆ》をひそめて困っているムラマサ先輩《せんぱい》に、俺《おれ》は言った。

「ムラマサ先輩《せんぱい》も、改めて、ありがとな。書いてくれたシナリオ、超面白《ちょうおもしろ》かった。俺《おれ》ひとりだったら、こんなに手ごたえのある監修《かんしゅう》はできなかった」

「……構わない。むしろ、手伝わせてくれてありがとうと私が礼を言いたいくらいだ。飛び入り参加を許してくれた、ゲームメーカーにも感謝せねばな」

そうやって。

俺《おれ》たちは、着実に仕事を片付けていった。

以前は俺《おれ》が一手に引き受けていた家事なども、それぞれ分担してもらっている。料理はエルフ。洗濯《せんたく》は京香《きょうか》さん。掃除《そうじ》はムラマサ先輩《せんぱい》、という具合にだ。

正直なところ、これでかなり仕事の時間を作ることができている。

夜十一時には部屋に戻《もど》り、さっさと寝《ね》る。

この前揉《も》めていた部屋割りの件だが、結局どうなったかというと。

家族会議の結果――俺《おれ》は、紗霧《さぎり》と同じ部屋で、別々に寝《ね》ることになった。

ベッドは紗霧《さぎり》が使い、そのわきに布団《ふとん》を敷《し》いて、俺《おれ》がそこに寝《ね》るという形。

『自分で兄を監視《かんし》する』と言い張る紗霧《さぎり》の意見を汲《く》んだ、折衷《せっちゅう》案だ。

『部屋の鍵《かぎ》を開けておく』という条件に、

「……部屋の鍵《かぎ》を開けておくと、すっごく不安で落ち着かない……」

紗霧《さぎり》が引きこもりらしい難色を示していたが、最終的には呑《の》んでくれた。

かわいく唇《くちびる》を尖《とが》らせて、

「じゃあ……『私を部屋から出そうとする何者か』が入ってきたら、ちゃんと兄さんが守ってね」

そんなことを言っていた。超《ちょう》かわいい。夜中にタイラントが襲《おそ》ってきても絶対守るよ！

「……ふぅ」

ともあれそういうわけで。

好きな人と同じ布団《ふとん》で寝《ね》る——なんて状況《じょうきょう》からは、無事に逃《のが》れることができた。

この前みたいなドッキリ寝起《ねお》きシチュを続けたら、俺《おれ》の精神が擦《す》り切《き》れてしまう。

だから、これでよかったのだろう。……ちょっぴり残念な気持ちもあるが。

「じゃあ、寝《ね》るか。……おやすみ、紗霧《さぎり》」

「おやすみなさい、兄さん」

電気を消し、目をつむる。充実《じゅうじつ》した疲《つか》れが身体に満ちている。

やがて俺《おれ》の意識は、ゆっくりと沈《しず》んでいった……。

——一緒《いっしょ》に暮らしていることを、家族とは言わないもの。

かつて妹は、そう言っていた。

……いまの俺《おれ》たちは、家族になれたのだろうか？


「……マサムネ……起きなさい……マサムネ」

小さなささやきが、右耳から聞こえてくる。

「う……ん……」

俺《おれ》、和泉正宗《いずみまさむね》は、疲《つか》れていても、早朝になると勝手に目が覚める体質だ。

だから、『誰《だれ》かに起こされる』ってことは、まだ夜中なのだろう。

半覚醒《かくせい》の頭でそこまで思考したところで、
ぱん、と顔面をはたかれた。

「あいてっ」

たまらず声が出る。と同時に、急速に意識がはっきりしていく。

何事かと目を開けると、そこにいたのは——

「エル……むぐっ」

「しっ……静かに」

侵入《しんにゅう》者は、声を上げかけた俺《おれ》の口を手でふさぐ。

その正体は、エルフだ。いつの間にやら、俺《おれ》のすぐ右隣《みぎどなり》に寝《ね》ていて、俺《おれ》と同じ掛布団《かけぶとん》から顔をのぞかせている。

「……なんのつもりだ」

押《お》し殺《ころ》した声で問うと、彼女《かのじょ》はいい笑顔《えがお》で、

「もちろん——夜這《よば》いよ！」

声をひそめているのに、よく通る声だった。

「な、なんだって？」

「せっかく同棲《どうせい》イベント進行中なのに、ずっと仕事してるだけとかありえないでしょ。くふふ……『開かずの間』の鍵《かぎ》を開けるために、わたしがどれだけの計略を重ねたことか——ようやくチャンスが巡《めぐ》ってきたわ！」

「じ、自分の部屋に戻《もど》れよ。紗霧《さぎり》が起きたら……」

「だからこそよ！　好きな人が隣《となり》で眠《ねむ》っているなんて、さぁ寝取《ねと》ってくださいと言わんばかりのシチュエーションだと思わない？」

「なんだその意味わからん理屈《りくつ》は……」

電撃《でんげき》文庫を読んでくれている中高生に伝わらないネタはやめろ。

「早く戻《もど》れって」

「駄目《だめ》よ、というか無理」

「なんで」

問うと、エルフは、ニヤ、と不敵な笑《え》みを浮《う》かべる。

それから、布団《ふとん》の中でなにやらゴソゴソして、手品のように『それ』を取り出した。

「はいマサムネ、これあげるわ♪」

服であった。

「んな……っ」

パジャマである。エルフが、いつも寝《ね》るときに着ているものだ。

それが布団《ふとん》の中から出て来るということは――

「お、おまえ！　おまえっ！」

「何故《なぜ》なら、いま、わたしは、はだかだからよ！」

爆弾《ばくだん》発言を口にしながら、今度はくつしたを布団《ふとん》の中から投げてくる。

続いて……身に着けていたものが、順番に布団《ふとん》の上に投げ出されていくのであった。

これでは無理やり布団《ふとん》から追い出すわけにもいかない。

「……なんだこの状況《じょうきょう》は……！」

エロいシチュエーションなのかもしれないが、あまりのことに頭が付いていかないぞ！

エルフが、耳元で色っぽくささやく。

「くふふ……わたしは予習を怠《おこた》らない女。――男の子って、こういうのが好きなんでしょ？」

「なにを参考にしたんだよ……」

「ハート型ニップレスも貼《は》ってきた方がよかったかしら」

「なにを参考にしたんだよ！」

どんなに露出《ろしゅつ》度が高くても絶対笑うやつじゃねえか。

「そんなもので俺《おれ》は誘惑《ゆうわく》されんぞ！」

「あらそう。でもどうかしら……さすがにこのまま密着して、抵抗《ていこう》できる男がいるとは思えないのだけれど」

くふふふ、と、笑う。

冗談《じょうだん》まじりのやり取りから一転。

いつもと同じ笑顔《えがお》なのに、いま、薄闇《うすやみ》の中で……淫魔《いんま》の微笑《びしょう》に見えてくる。

「……く……っ」

布団《ふとん》から逃《に》げ出《だ》そうと身をよじるも、先んじて腰《こし》に腕《うで》を回され——

「————」

あああああ！　柔《やわ》らかな感触《かんしょく》が……脳が、バカになる……

俺《おれ》が、邪悪《じゃあく》なる淫魔《いんま》にやられかけたとき。

ごろごろごろ——という音とともに、ベッドから何かが転がってきて。

エルフの上に落ちた。

どし、という鈍《にぶ》い音。そして、

「ぐえっ」

女子としてあり得ない悲鳴。

オシリが顔面に落ちてきたのだ。そんな声も出るだろう。

「……ゆだんもすきもない」

エルフの顔面に強烈《きょうれつ》なヒップドロップを決めたのは、もちろん紗霧《さぎり》だ。

「……さ、紗霧《さぎり》……おまえ……起きてたのか」

「兄さんの声がうるさかったし……今日あたり、くるかなって思ってたから」

寝《ね》たふりしてただけ、と紗霧《さぎり》は言う。

「そ、そなんだ……」

危なかった！　危なかった……！　エルフの誘惑《ゆうわく》に乗っていたら、今頃《いまごろ》……！

俺《おれ》は、心から安堵《あんど》の吐息《といき》を漏《も》らす。

「エルフちゃんを追い出すから、兄さんは目、つむっててね」

「……はい」

え？　廊下《ろうか》に？　マッパのまま？

「なにか言いたいことでもあるの？　兄さん」

「い、いいえ……」

改めて実感する。

どうやら俺《おれ》の妹は、『開かずの間』に引きこもっている限り、無敵らしい。


八月三日──ゲームシナリオ監修《かんしゅう》完了《かんりょう》、提出。

八月四日──原作小説六巻修正完了《かんりょう》、第二稿《こう》提出。

そして、八月六日、夜十時三十分──

「うおおおおお！　お、わったぁ────っ！」

自室の中央で叫《さけ》ぶ、俺《おれ》の姿があった。

アニメ第二話、原作者脚本《きゃくほん》回の第一稿《こう》が完成したのだ。

ぱちぱちぱちぱち、と手を叩《たた》くのは、エルフとムラマサ先輩《せんぱい》。

「監修《かんしゅう》、脚本《きゃくほん》、原作……よくまぁ一週間でやり切ったわね。さすが『超速筆《スピードスター》』の能力者」

「見事だ、マサムネ君」

「俺《おれ》だけの力じゃない！　みんなでやり遂《と》げたんだ！」

改めて、アシスタントを務めてくれたふたりと、固く握手《あくしゅ》をする。

「くふふ、まぁ、これで仕事がぜんぶ片付いたってわけじゃないけれど」

「近々の締《し》め切《き》りは、もうないのだろう？　ひとまずは、お疲《つか》れさま」

「ゆっくり休みなさい」

「ああ……！」

紗霧《さぎり》と、約束したからな。

俺《おれ》は、ベッドにダイブして仰向《あおむ》けになり、ゆっくりと息を吐《は》く。

「よぉぉし！　全力で休むぞぉ――っ！」

明日から、俺《おれ》の夏休みが始まるぜ！

第二章

というわけで休日だ！

『世界で一番可愛《かわい》い妹』アニメ化発表から続いていたデスマーチに一応の区切りがつき、俺《おれ》は、清々《すがすが》しい気持ちで眠《ねむ》りについた。

その翌朝。

いまは、エルフの作ってくれた美味《おい》しい朝食を皆《みな》で摂《と》った直後だ。

普段《ふだん》なら、俺《おれ》が洗い物をするところなのだが、エルフに『わたしがやるわ』と断られてしまった。じゃあ、という家庭的な水音が、キッチンから聞こえてくる。

リビングのソファでは、ムラマサ先輩《せんぱい》が小説を書いている。

京香《きょうか》さんは、ちょうどいま仕事に出かけたところ。

紗霧《さぎり》は自分の部屋で仕事のイラストを描《か》いているはずだ。

真希奈《まきな》さんは、二度寝《ね》の真っ最中。

俺《おれ》はといえば、『久しぶりの休日』を満喫《まんきつ》して――

「うわあああぁ！　休みって何をすりゃいいんだァ――――！」

――いなかった。

俺《おれ》は、リビングで立《た》ち尽《つ》くし、頭を抱《かか》えて叫《さけ》ぶ。

洗い物をしていたエルフが、手を拭《ふ》きながら寄ってきて言う。

「マサムネがまた闇《やみ》深いこと叫《さけ》んでる……二度寝《ね》でもしてくりゃいーじゃない。せっかくの休みなんだから」

　ムラマサ先輩《せんぱい》が、ちら、とノートから顔を上げて俺《おれ》を見る。

「そのとおりだぞマサムネ君。昨夜、『全力で休む』、『一日中ごろごろして過ごす』と宣言していたではないか。とっとと部屋に戻《もど》るといい」

「そうなんだけどさ。いつもの習慣で目が冴《さ》えちゃって……二度寝《ね》ってどうやりゃいいんだ？　忙《いそが》しいときは憧《あこが》れるけど、いざやろうとすると難しくない？」

「二度寝《ね》の玄人《くろうと》に聞いてみたらどうだ？　なんなら叩《たた》き起《お》こしてくるぞ」

　ムラマサ先輩《せんぱい》、真希奈《まきな》さんにエラい二つ名を付けている……。

　エルフも、困ったように苦笑《くしょう》した。

「とはいっても、これぱかりは習慣よねー。あんたみたいに毎日毎日、遅寝早起《おそね》きして、家事やってー仕事やってーテキパキテキパキ――みたいなやつは、いきなり休日だから寝《ね》て過ごせって言われても、どだい無理な話なのかも」

「ほほう、怠《なま》けるのにも練習が必要ということだな」

　うむうむ、と、納得《なっとく》した様子のムラマサ先輩《せんぱい》。俺《おれ》は、わなわなと両手を震《ふる》わせる。

「食休みの数分で、すでに手持ぶさた感がひどい。いつものよーに、俺《おれ》の脳内では、家事を最速で片付けて、とっとと仕事を始めるためのシミュレーションが行われているッ！」

「洗い物も洗濯《せんたく》も掃除《そうじ》も、ぜんぶわたしたちでやるから」

「君はなんにもやらなくていいぞ」

「うわあぁぁあぁぁあぁあ！　やることなくて落ち着かねぇ〜〜〜〜〜〜〜‼」

ふたりの気遣《きづか》いだというのは、もちろんわかっちゃいるのだが。

習慣を禁じられるというのは、思いのほか、辛《つら》いものだ。『今日はスマホに触《さわ》るなよ』と命じられたようなもどかしさ。

「あーうるさい。今朝のあんた、定年退職した直後のお爺《じい》ちゃんみたいね」

「うぅ……マジでどうしよう。九月にズラしたソシャゲの仕事でも、前倒《まえだお》しでやってようかな……」

「やめろ莫迦《ばか》者」

「本末転倒《ほんまつてんとう》っていうのよそれ」

あきれてツッコミを入れてくるムラマサ先輩《せんぱい》&エルフ。

「でもさぁ」

「明後日《あさって》からまた一生懸命《いっしょうけんめい》仕事するためにも、今日は全力で休みなさいよ」

エルフの言うとおりだ。

「それは自分でもわかっちゃいるんだが」

「じゃあ、『Civilization6』のマルチプレイでもやる？　狭《せま》いマップね。わたしはアステカかシュメールを使うわ」

「そのゲーム知らないけど、おまえが悪意ある初心者狩《が》りを仕掛《しか》けようとしてるのはわかる」

「くふっ、段々わたしのことを理解してきたようねマサムネ！　さすが我《わ》が未来の夫よ！」

「なんでせっかくの休日に、エルフにゲームでボコられなくちゃならんのだ」

「じゃ、別のアイデア出しましょ。うーん、対戦ゲーだと、どれもわたしが圧勝しちゃうのよねー。ムラマサはなんかある？」

「そうだな……ふむ、小説を書いて遊ぶというのはどうだ？　ほら、この前のように」

『この前のように』ってのは、以前みんなでリレー小説を書いて遊んだときのことを言っているのだろう。

「あれは楽しかったなあ――」

頬《ほお》を紅潮させて、ほくほく顔のムラマサ先輩《せんぱい》。

「ウッ、無茶ぶりキラーパスで苦しめられた思い出がよみがえってきたわ……」

一方エルフは、渋面《じゅうめん》で眉《まゆ》をひそめている。

「てか、お休みの日まで小説書くとかやめましょうよ。楽しいっちゃ楽しいけど、昨日まで小説を書きまくってたマサムネの休憩《きゅうけい》にはならないじゃない」

「そうか？　こんなときこそ趣味《しゅみ》の小説を書いて気晴らしをすべきでは？」

エルフと先輩《せんぱい》の見解の違《ちが》いが面白《おもしろ》い。

「まぁ、俺《おれ》も今日は『小説を書く』以外の過ごし方をしたいかな」

楽しいけどね、趣味《しゅみ》の小説書くの。

ただ……そんな過ごし方をした場合、紗霧《さぎり》とエルフから白い目で見られること請《う》け合《あ》いだ。

今日はやめとこう。

「ところでマサムネ君は、普段《ふだん》、どんな休日を過ごしているのだ？」

「うーん、日曜日は、仕事したり……掃除《そうじ》したり、洗濯《せんたく》したり……」

「仕事や家事以外でだ」

「しばらく休みがなかったせいで、いままで自分が休日になにやってたか思い出せない……」

以前の俺《おれ》は、いったいどうやって休んでいたのだろう？

本気でわからなかった。

「これは……重症《じゅうしょう》だな」

ムラマサ先輩《せんぱい》が引いている。

そのやり取りを聞いていたエルフが、くふっと笑って俺《おれ》に言う。

「あんたは休みになると、わたしたちにセクハラしてたわよ」

「「ええ!?」」

突然《とつぜん》の横やりに、俺《おれ》とムラマサ先輩《せんぱい》が大声を出す。エルフの手には、いつの間にやら起動済みのノートＰＣ。

モニタに映っているのは、素顔《すがお》の紗霧《さぎり》だ。エルフは紗霧《さぎり》に同意を求める。

「そうよね？　エロマンガ先生？」

「うん……エルフちゃんのいうとおり」

「エロマンガ先生まで⁉」

「そんな名前のひとはしらない。……けど、忘れたなら教えてあげる」

「そうね。思い出させてあげるわ——マサムネがまだそこまで忙《いそが》しくないころ……どんな風に休日を過ごしていたのか」

そうして。紗霧《さぎり》とエルフは、『過去の俺《おれ》』について語り出した……

＊

……あれは、去年の秋。和泉《いずみ》マサムネ初となるラブコメシリーズ『世界で一番可愛《かわい》い妹』が始動して間《ま》もなくのことだった。

とある休日の午後。俺《おれ》は妹の部屋——通称《つうしょう》『開かずの間』の中で、妹と向かい合って座《すわ》っていた。俺《おれ》は、片手で己《おのれ》の顔を押《お》さえた『懊悩《おうのう》のポーズ』で、

「困った。あぁ～、困った。困ったぞぉ～」

「…………兄さん、その、わざとらしいフリはなに？」

パジャマ姿の紗霧《さぎり》が、醒《さ》めた眼差《まなざ》しを俺《おれ》に向ける。

ヘッドセットを付けて拡声し、かろうじて聞こえる程度の小声だ。

「……私に……相談があるんじゃ……なかったの？」

そうなのだ。めったに部屋に入れてくれない妹に、俺《おれ》は『仕事の相談』を持《も》ち掛《か》け――なんとかこうして『開かずの間』に入れてもらったというわけだ。

小説家である俺《おれ》の仕事は、紗霧《さぎり》――エロマンガ先生の仕事と、密接に関係しているので、いくら兄貴に冷たい紗霧《さぎり》といえど、この要件に関してのみは、俺《おれ》をむげにすることはできない。

話くらいは聞いてくれる。

「そう……相談。俺《おれ》、エロマンガ先生に、大事な相談があるんだよ」

「そ、そんな名前のひとはしらないっ」

かぁっと赤面して、紗霧《さぎり》はいつもの台詞《せりふ》を口にする。

だから、そんなに恥《は》ずかしいなら、なんでそんなペンネームにしたんだよ。

もしもこれが小説だったなら、エロマンガ先生というペンネームの謎《なぞ》は、作中最大のミステリーになるところだろう。

「そ、相談ってなにっ？　早くゆってっ」

「ああ、実は――」

俺《おれ》は、真剣《しんけん》な口調で言った。

「頭をなでさせてくれ」

「…………は？」

きょとん、と、目を丸くする紗霧《さぎり》。

「わ、私の頭……って…………そ、それが、大事な相談っ？」

「うん」

「……うう……なんで……そうなるの……」

紗霧《さぎり》は、困惑《こんわく》の色を顔に浮《う》かべ、頬《ほお》を桜色に染めている。

「俺《おれ》、最近、ラブコメ小説を書いているだろ？」

「うん」

「いままで、ずーっとバトル小説ばっかり書いてたから、まだラブコメに慣れてなくてさ。面《おも》白《しろ》いシーンのアイデアが、なかなか思《おも》い浮《う》かばないんだ」

「……それは……たしかに……深刻な問題かも」

だろ？

「だ、だから、ちょっと頭をなでさせてくれよ」

「『だから』ってっ。な、なんでそうなっちゃうのっ？　意味わかんないっ」

説明が足りなかったらしい。

「……わ、わわわ、わたしの頭をなでると……アイデアが思《おも》い浮《う》かぶの？」

「たぶん。この前は、それで、すごいひらめいたし」

「…………………」

紗霧《さぎり》は、頭をぎゅーっと押《お》さえて恥《は》じらっている。

「……なんで？」

「ラブコメってのは、かわいい女の子を描写《びょうしゃ》しなくちゃいけないんだ。かわいい女の子の、かわいい仕草だったり、かわいい表情だったりな」

「…………そ……それは……わかるけど……でも、なんで私が……」

「この前、おまえも言ってたろ？　イラストを描《か》くときは――」

生で見たことないものは、描《か》きたくない。

「――ってさ。小説家も同じだよ。ちゃんとこの目で見て〝取材〟したものの方が、うまく書けるに決まってる。だから――超《ちょう》かわいい妹の、かわいいところが見たいんだ」

「な……っ～～～」

紗霧《さぎり》は、かぁぁ～～～～～～～～っと耳先まで真っ赤になり、

「に――」

ばんっ、と、勢いよく立ち上がった。

「に、兄さんのえっち！」

「えっ……な、なにが⁉」

「すけべっ！　へんたいっ！　な、なんでっ、堂々とっ……そゆこと……っ！」

紗霧《さぎり》は、ぎゅーっと両こぶしを握《にぎ》りしめ、泣きそうな目で俺《おれ》を見ている。

俺《おれ》は、慌《あわ》てて反論する。

「ちょ、ちょちょ、待ってくれ！　そこまで言われるほどのことか⁉　かわいい妹の姿が見たいって言っただけじゃん！」

なんでそんな、痴漢《ちかん》におしり触《さわ》られたみたいなリアクションすんだよ⁉

おおげさすぎるだろ！

「だ、だってっ」

紗霧《さぎり》は、痴漢被害《ちかんひがい》をリアルタイムで受けているような羞恥《しゅうち》の表情で呟《つぶや》く。

「わ、私のこと……か、かわいいって……なんどもっ……」

「かわいいだろ」

「……っ！　ば、ばか」

当然のことを言ったまでなのに、紗霧《さぎり》は激しく反応する。

「あうぅ……そ、それに……それにっ！　兄さんは──」

勢いよく立ちあがって、

「この前、私の頭をなでなでして、こうふんしてたでしょっ！」

「してねぇよ！　人聞き悪いな！」

「し、してたっ！　絶対してたっ！」

「してないってば！　かわいいなとは思ったけど、少なくとも、おまえの言うようないかがわしいニュアンスの感情は一切《いっさい》なかった！　なかったったらなかった！」

「…………してたもん」

じとっと白い目でにらんでくる紗霧《さぎり》。

「妹の頭をなでて……えっちな気分になるなんてっ……さいていっ」

そんな顔もかわいいっちゃかわいいのだが──

くそっ、なんか、ちょっぴりイラッとしてきたぞ。いやらしい気持ちなどなかったと言ってるだろーが。

「……えっちって言うやつが、えっちなんだよ」

ぼそっ。俺《おれ》は、そっぽを向いて呟《つぶや》いた。

「……は？　はぁ？　兄さん……い、いま……なんてゆったの？」

「紗霧《さぎり》のえっち」

「！」

「エロマンガ先生のすけべっ、へんたいっ」

本人の口真似《くちまね》で言ってやると、妹は目を見開いて絶句した。

「な……な……なな……っ……」

辛《かろ》うじて動揺《どうよう》から立ち直り、ぱちぱちとまばたきをひとつ。


「私っ、えっちっじゃないもんっ⁉」


きぃ――――――ん。

マイクを付けて大声を出したものだから、スピーカーからとんでもない大音量が発生した。

俺《おれ》も、どころか紗霧《さぎり》まで、耳を押《お》さえてしばし苦しんだ。

やがて、ようやくダメージが抜《ぬ》けたころ、紗霧《さぎり》が息を荒《あら》げながらも、先の台詞《せりふ》の続きを口にする。

「わ、私が……えっち……って……ど、どこがっ？」

「『エロマンガ先生』とかいうペンネーム」

俺《おれ》は、きわめて端的《たんてき》に、妹の急所を突《つ》いた。

「くぅっ——」

紗霧《さぎり》は両目をきつくつむって、

「ぺ、ペンネームはノーカンだから」

「そんなのありかよ」

「ありなのっ！　私のことをペンネームで決めつけるのはだめっ！」

「別にペンネームだけで、えっちと決めつけているわけじゃないぞ。他にも理由はある」

「ふ、ふぅん……たとえば？」

「たとえば、女の子に、絵のモデルになってもらっているときの態度とか」

「……お、覚えてないなぁ～」

うそつけ。口調まで変わってて怪《あや》しいんだよ。

「政治家みたいな言い訳はやめろ。覚えているだろう？　おまえが女の子たちに行った、数々のえろ行為《こうい》を！」

お隣《となり》に住む美少女に、スカートをたくしあげろって命令したり——

クラスメイトの女子の、ぱんつを思いっきりずり降ろしたり——

他にも無数の余罪が、こいつにはあるのだ。

顔に指を突《つ》きつけてやると、紗霧《さぎり》は、ぷいっとそっぽを向いて、唇《くちびる》を尖《とが》らせる。

「しらない。そんなひとはしらない」

すっとぼけやがって！

「『おまえの描《か》いた絵』という形で、動かぬ証拠《しょうこ》が残っているんだが？」

「え、えと……あ、あれは、空想で描《か》いたものだからっ。しょうこふじゅうぶんっ」

「……俺自身《おれじしん》が目撃《もくげき》しているんだぞ？」

「もぉぉ――その話は終わりっ！　終わりったら終わりっ！」

紗霧《さぎり》は、ごまかすように（マイクで）大声を出し、強引《ごういん》に話を最初まで戻《もど》す。

「とにかくっ！　私の頭をなでるのはだめっ！　絶対だめっ！　理由は兄さんがえっちだからっ！　はいっ、相談終了《しゅうりょう》っ！　出ていってっ！　いますぐここから出て行ってってっ！」

俺《おれ》は、真っ赤になった妹に背を押《お》され、部屋から追い出されてしまったのであった。

「くそう……俺《おれ》は、純粋《じゅんすい》に仕事の相談をしていたのに……あんな、兄貴にセクハラされたみたいなリアクションをすることないじゃん」

俺《おれ》は、とぼとぼと階段を下りていく。

「しかし……どうすっかな」

俺《おれ》は、いま、ラブコメが書けなくって困っているのだ。書き慣れているバトルものなら、いくらでもアイデアが湧《わ》いてくるのに、執筆《しっぴつ》ジャンルを変えただけで、こうも苦戦するとはな。

妹に相談して打開しようと思ったのに、それはうまくいかなかった。

いや、まぁ、かわいく赤面している姿は見られたのだが——その理由が『自分が女の子たちにしたえろ行為《こうい》をごまかすため』だからなぁ。どうにも、小説のネタにするのは、気が咎《とが》めるというか、萎《な》えるというか。

「…………なんか、他の手立てを考えなければ……」

悩《なや》みながらも、俺《おれ》の足はリビングへと向かっている。

そろそろ、妹のおやつを用意してあげなければならない。我ながら、なんと献身《けんしん》的なお兄ちゃんだろう。

報酬《ほうしゅう》として、ちょっとくらい、頭をなでさせてくれたって、ばちは当たらないと思うんだが。

きぃ、と、リビングのドアを開けたときだ。

「あら、マサムネ。勝手にお邪魔《じゃま》してるわよ」

リビングのソファに腰《こし》かけて、上品に紅茶を飲む金髪《きんぱつ》美少女の姿が、俺《おれ》の目に飛《と》び込《こ》んできた。

「お、おまえ……」

俺《おれ》は、驚《おどろ》きのあまり絶句してしまう。

ふりふりのロリータファッションを身にまとう彼女《かのじょ》は、山田《やまだ》エルフという。

我《わ》が家《や》のとなりに住む、なんと十四歳《さい》の、超《ちょう》売れっ子ライトノベル作家である。

エルフとかいうふざけた名前は、もちろん本名ではなく、ペンネームだ。

「『勝手にお邪魔《じゃま》してるわよ』じゃねーよ。なにやってんだ、ひとんちで」

「見てのとおり、ティータイムを楽しんでいるの！　仕事をサボってね！」

「いや、そういうことじゃなくてだな。……はぁ、もういいや」

エルフのまぶしい笑顔《えがお》を見ているうちに、細かいことはどうでもよくなってきた。

「マサムネ！　そんなところに突《つ》っ立《た》ってないで、こっちに来て座《すわ》りなさいよ！　ホラ、クッキーを焼いてきてあげたのよ！」

「ここは俺《おれ》んちだっつーの」

ったく……どーも、こいつは和泉《いずみ》家の一階を自分の領土だと思っているフシがあるんだよな。

毎日毎日、完全に我《わ》が物顔《ものがお》で居座《いすわ》りやがって。

得意げにクッキーの袋《ふくろ》を掲《かか》げるエルフに向かって、俺《おれ》はやれやれと言った。

「紗霧《さぎり》のぶんもあるんだろうな？」

「もちろん。お互《たが》い様とはいえ、エロマンガ先生には、最近お世話になっているしね」

聞いてのとおり、エルフは『エロマンガ先生』の正体を知る、数少ない人物のひとりだ。

俺《おれ》と同じラノベ作家で、俺《おれ》たち兄妹《きょうだい》と同年代で、紗霧《さぎり》と同じように学校に行っておらず、そしてなによりエロマンガ先生の大ファンで――。そんな彼女《かのじょ》を、正直なところ、俺《おれ》はとても頼《たよ》りにさせてもらっているのだった。

「ってわけで、うちの編集がエスケープ中のわたしを探しに来たら、『いない』って言っておいて頂戴《ちょうだい》」

まぁ、ムチャクチャな性格をしているやつではあるんだけれども。

俺《おれ》は、彼女《かのじょ》の対面のソファに腰《こし》かけて、「……それはいいんだが。なぁ、エルフ、おまえ、色々と締《し》め切《き》りやばいんじゃなかったっけ？」

デビュー作がアニメ化決定したエルフ先生は、夏休み中、めちゃくちゃ忙《いそが》しそうにしていたのであった。一緒《いっしょ》に南の島に行ったときなど、担当編集同伴《どうはん》で、帰りの飛行機の中でまで（強制的に）仕事をやらされていた。……あれは無残だったな。

俺《おれ》はこうならないよう、なるべく前倒《まえだお》しで仕事をこなしていこうと誓《ちか》ったものだ。

そんな超《ちょうた》多忙《ぼう》な作家先生であるはずのエルフは、

「それね」

ひとんちのソファにふんぞり返ってこう言った。

「もうどうせ間に合わないから、諦《あきら》めてゆっくり進めることにしたわ」

「諦《あきら》めんなよ！　山田《やまだ》エルフ先生の新刊を楽しみにしている読者に、申し訳ないと思わないの⁉」

「だって無理なものは無理だもの。こんな過密スケジュールを組むやつが悪いのよ。くふっ、我《わ》が下僕《ファン》たちよ……このままだと新刊延期しちゃうかもだけど、恨《うら》むんなら、わたしの担当編集を恨《うら》みなさい」

エルフは厳《おごそ》かな口調で、自分の大切な読者たちに、ありえないメッセージを送る。

「クッキー食べ終わったら、絶対仕事やらせるからな！　おまえのサボりを放置しておくと、俺《おれ》が罪悪感でつぶれてしまう！」

俺《おれ》のせいで、新刊延期になったんじゃないか——って、あとで悩《なや》むのはイヤだ。

隣《となり》に住む同業者の友人として、なんとか説得しなければ……！

大いに焦《あせ》る俺《おれ》の前で、エルフは唇《くちびる》をかわいく尖《とが》らせる。

「ちょっと、マサムネ。せっかく二人っきりだってのに、仕事の話はやめてくれる？」

「せっかくもなにも、ここ数日のおまえ、うちに入りびたりじゃねーか」

正直、エルフと二人きりの時間が長すぎて、若干《じゃっかん》うざいくらいなんだが？

「わたしと仕事と、どっちが大事なの？」

「おまえの仕事の話をしてるんだ！」

「くふふ、わかってるわ。あんたって、常に本気でリアクションしてくれるから好きよ」

「くっ……」

ばかにされているようにしか聞こえん。

ったく、この女だけは……。

俺《おれ》は、こほんと咳払《せきばら》いをして、

「ま、まぁ……なんだかんだ言っても、おまえはちゃんと締《し》め切《き》りに間に合わせてくるとは思うけどな」

エルフは、意外そうに、両目をぱちくりとした。

「へぇ、そりゃまた、信頼《しんらい》されたもんね。諦《あきら》めた——って、本人が言ってるのに」

「だってさ、おまえって、一度も新刊を延期したことないじゃん」

「——————」

目を見張ったエルフに、俺《おれ》はこう続ける。

「おまえが本を出してる『フルドライブ文庫』って、よく新刊を延期しちゃうイメージがあるけど、そんな中、一番延期を連発しそうな言動の山田《やまだ》エルフ先生は、デビュー以来、きっちり三か月おきに新刊を出し続けているだろ？」

ピンとこない人が多いかもしれないが——実はこれって、とんでもないことなのだ。

執筆《しっぴつ》速度、売上実績、プロ意識。そのうちどれが欠けても、新刊を定期刊行し続けることはできないのだから。

ちなみに俺《おれ》・和泉《いずみ》マサムネは、これ、ちっともできていない。

あんまり売れてないからね。

「だから、今回も、おまえは読者を哀《かな》しませるようなことはしないと思う」

「…………あっそ」

ぷい、と、そっぽを向くエルフ。

「……あんたって本当……卑怯《ひきょう》なんだから……」

その頬《ほお》は、ほんのりと赤くなっていた。彼女《かのじょ》は、再びこっちに向き直り、何かをごまかすかのように、早口で言う。

「そ、そういうあんたはどーなのよ？」

「俺《おれ》？」

「そう。あんた『ラブコメ書くの難しいよー、詰《つ》まっちゃって進まないよー』って、悩《なや》んでたじゃない」

「……その情けない口調は、もしや俺《おれ》の真似《まね》か？　……まあいいや。たしかに、詰《つ》まっちゃって仕事進んでないよ。ちょうどいまも、エロマンガ先生に相談してみたんだけど――」

俺《おれ》は、エルフに、エロマンガ先生への相談内容を話して聞かせた。

それを、ふんふん興味深そうに聞いていたエルフは、あきれたように言ったものだ。

「……マサムネ、あんた――」

「妹にセクハラしすぎ！」

「ええ!?」

ちょ、超《ちょう》かわいいヒロインを描《か》くために、超《ちょう》かわいい妹に『頭をなでさせてくれ』と相談しただけだぞ!? それだけでセクハラになってしまうのか!?

「ていうかね……」

そこでエルフは、思案するように指を額に当てて、言葉をさまよわせる。

意を決したように顔を上げて、

「わたしの部屋って、あの『開かずの間』の真正面にあるじゃない? ベランダに出ると、たまにカーテンが開いてて、部屋の様子が見えるわけよ」

「お、おう、それで?」

「あんたたち兄妹《きょうだい》の……『打ち合わせ』。あれ、なに?」

「……な、なに……とは?」

「遠目に見てるだけで、こっ恥《ぱ》ずかしくて死にそうになるんだけど?」

「んなっ」

「こ、この前だって、兄妹《きょうだい》でえっちな雰囲気《ふんいき》出しちゃってさあ——わたしが途中《とちゅう》で乱入しなかったら、どうなっていたことか」

「お、おまえ! あれ、わざとだったのかよ!」

以前、紗霧《さぎり》の頭をなでさせてもらったときのことだ。

「ってか！　えええ、えっちな雰囲気《ふんいき》って！　だ、出してないぞ！　そんなの！」

「ふぅーん、ふーん、ふーん」

エルフは、白い目で俺《おれ》を見つめた後、意味ありげにニヤけて、「あ、そうよね。『兄貴は妹に、えっちなことをしたりしない』──んだっけ？」

「っ、そ、そうだよ」

なんでこいつが、その台詞《せりふ》を知っているんだ……紗霧《さぎり》から、聞いたのか？

「あらそう。じゃあ、この前の頭なでなでも、決してえっちな意味はなかったと。あんたはそう言うんだ？」

「おう」

「でも、妹にはえっちな気分になってたと疑われてて、今日は頭にさわらせてもらえなかった。あくまで取材でしかないというのに」

「悪かったな！　それがどうかしたのか？」

「わたしのをさわりなさい」

「は？」

急に予想外の台詞《せりふ》が飛び出したものだから、戸惑《とまど》ってしまう。

エルフは、もう一度、わかりやすく言い直した。指を立てて、なぜか微妙《びみょう》に視線をそらしな

がら、

「……あくまで取材で、えっちな意味はないんでしょ？」

勢いよく立ち上がり、ばん！　と薄《うす》い胸を叩《たた》く。

「ならば！　和泉《いずみ》マサムネ！　わたしの頭を、存分になでなでするがいいわっ！」


がたっ！


「…………いま、上でなんか音がしなかったか？」

俺《おれ》は『開かずの間』のある、真上を見上げる。

「さぁ〜？　わたしには何も聞こえなかったわ。それよりっ――マサムネ！　さわるの⁉　さわらないの⁉」

えらい剣幕《けんまく》で詰《つ》め寄《よ》ってくるエルフに気圧《けお》されながらも、俺《おれ》は、ぼそりと呟《つぶや》いた。

「……おまえの頭をなでたいわけじゃないんだけど」

「『かわいい女の子の頭をなでなでしたい』んでしょ⁉　なら、わたしでいいじゃない！」

「うーん、でも、紗霧《さぎり》の方がかわいいしなあ」

「わたしだって、超《ちょう》かわいいでしょ！」

どんだけ自信家なんだよこいつ。自分で言う台詞《せりふ》じゃないだろ……。でも、まぁ、たしかに……エルフも、超《ちょう》美少女といっていいくらいには、かわいいんだよな。

紗霧《さぎり》が、あまりにも別格なだけで……。

「じゃあ、せっかくだし……取材をさせてもらおうかな」

「……なんか釈然《しゃくぜん》としないわね。なによその、さして嬉《うれ》しくなさそうな感じは。……超《ちょう》光栄なことなのよ？　あんたにだけ、特別に、『わたしの大切なところ』をさわらせてあげるんだからね？　わかってる⁉」

いまの台詞《せりふ》だけ聞くと、たいそういかがわしく聞こえるので、言葉を選んで欲《ほ》しいものだ。

「わかってるよ。ありがたいと思ってるって。ラブコメを書《か》いている先輩《せんぱい》作家として、後輩《こうはい》の取材のために、協力してくれようってんだよな」

「…………はぁ～」

エルフは、俺《おれ》の感謝の言葉を聞くや、がっかりしたような顔で、肩《かた》を落とした。

「え？　違《ちが》うの？」

「違わないわよ――あんたって、本当、ラノベ主人公っていう罵倒《ばとう》がぴったりの男ね」

「どういう意味だ」

「なんでもないわよっ！」

エルフは、急に不機嫌《ふきげん》になり、

「はいっ！　さわればっ⁉」

どすんと音を立てて、ソファの上に正座した。……なに怒《おこ》ってるんだよ——と、口に出したら余計、火に油を注ぎそうだ。

俺《おれ》は大人しく言うとおりにする。自分もソファの上に正座して、エルフと向かい合う形になる。ちょうど、以前『開かずの間』にて、紗霧《さぎり》の頭をなでたときと同じような体勢だ。

「えっと……じゃあ、さわるけど」

「ど、どうぞっ」

緊張《きんちょう》しているのか、エルフの声は震《ふる》えている。

彼女《かのじょ》は、きゅ、と握《にぎ》りこぶしを膝《ひざ》の上に置き——目をつむった。

「お、おい……」

なんで、そんな、『恋人《こいびと》からのキスを待っていますよ』みたいなポーズを……。これはただの取材で、なんらいかがわしい意図はないはずなのに——

「…………ごく」

顔が、熱い。

「…………………」

エルフは黙《だま》って、綺麗《きれい》に整った顔を、無防備にさらしている。

俺《おれ》は、ゆっくりと手を伸《の》ばし——金色に輝《かがや》く髪《かみ》に、そっと触《ふ》れた。

「んっ」

「うわ……」

めちゃくちゃ触《さわ》り心地《ここち》がいい。

さらさらして絹のようだった紗霧《さぎり》の髪《かみ》とは違《ちが》い、しっかりとした存在感のある感触《かんしょく》。

なでていると、掌《てのひら》に吸い付くようだ。いつまでも触《さわ》っていたくなる。

「……っふ……う……」

彼女《かのじょ》の部屋と同じ、甘《あま》い香《かお》りが、俺《おれ》の鼻腔《びこう》をくすぐった。

「ちょ……ちょ……ちょっと……マサムネぇ……っ」

エルフは、口元をふにゃりと歪《ゆが》めて言った。尖《とが》った耳先まで、真《ま》っ赤《か》になっている。

必死に羞恥《しゅうち》に耐《た》えていたエルフが、とある瞬間《しゅんかん》、決壊《けっかい》したように声を荒《あら》げる。

「あ、あ――あんたっ！　さわり方！　エロすぎ！」

「なっ！　べ、別にそんなつもりは！」

「どこで勉強したのよこんな手管！　ま、まさかコレを、妹にもやったわけ！　そりゃセクハラ扱《あつか》いされるわ！　このドスケベ！　変態！　ラノベ主人公！」

「ラノベ主人公って罵倒《ばとう》、めちゃくちゃ万能《ばんのう》だな！」

最近周囲の女性陣《じん》が、俺《おれ》の行為《こうい》すべてに適用してくるんだけど！

「ハッ！　ま、まさか！　最初からこれが目的だった……⁉　マサムネあんた……わ、わたしの幼くもいやらしい肉体が目当てで、家に連《つ》れ込《こ》んだのね⁉」

「勝手に上《あ》がり込《こ》んだくせに、なんて言い草だ！」

記憶《きおく》をねつ造するんじゃない！

「と、とぼけたって無駄《むだ》よ！　わかっているんだからっ！　『取材』と称《しょう》して、わたしにえっちな行為《こうい》を強要するつもりでしょう！」

「それは南の島に行ったとき、おまえが俺《おれ》にやったことだろ！」

「くっ、そ、そうだったわ！　あんときは、すっごく痛かったんだからね――じゃ、じゃなくって！　自分がされたからって、同じことをやり返していいわけじゃないのよ！」

「ま、またしても、いかがわしい言い方しやがって！」

つーか、俺《おれ》がおまえに、〝痛くなるようなこと〟をしたみたいじゃないか！

南の島で、エルフに物理的大ダメージを与《あた》えたのは、俺《おれ》じゃないのに！

この場に第三者がいたら、とんでもない誤解をされていたところだ！

「い、いいでしょう！　そこまで言うなら、最後までやり遂《と》げるがいいわ！　せ、責任取ってもらうんだから！」

「だから！　おまえなあ――」

際限なくテンションを上げていくエルフに、再びツッコミを入れてやろうとしたときだ。

ドンドンドンドンドンドン！

ピピピピピピピピ！


妹による、怒《いか》りの床《ゆか》ドンが、天井《てんじよう》をぶち抜《ぬ》かんばかりに響《ひび》き渡《わた》った。

同時に俺《おれ》のスマホが、紗霧《さぎり》の心情をあらわすかのように鳴《な》り響《ひび》いた。

「ぎゃあああ！　何故《なぜ》か紗霧《さぎり》に聞こえてたあ――!!　エルフ！　おまえのせいだからな！」

「いくら大声を出したからって、二階まで聞こえるわけないでしょ！　いい加減気づきなさいよ！　あの子絶対リビングに、盗聴器《とうちよう》かなにか仕掛《しか》けてるって！」

「紗霧《さぎり》がそんなことするわけないだろ！　おまえの声が超《ちよう》でかいからだってば！」

とまぁ――

最近の和泉兄妹《いずみきようだい》。

ついでに我《わ》が家に入《い》り浸《びた》るお隣《となり》さんとの関係は、こんな感じだ。

少しは『本物の兄妹《きようだい》』に、近づけたのだろうか？

どんどん！　どんどん！　さらなる床《ゆか》ドンが鳴《な》り響《ひび》き、

「ちょ、ちょっと上に行ってくる！」

俺《おれ》は、今日も慌《あわ》てて、妹に弁明するべく、階段を駆《か》け上《のぼ》っていく。

「くっそぉ～っ！　やばいやばいやばいやばい！」

俺《おれ》の休日が、こんなに騒《さわ》がしくなるなんて。紗霧《さぎり》やエルフと出会うまでは、想像することさえできなかった。

＊

「思い出した⁉　兄さん！」

「お、おう……思い出した」

いや、あったね、そんなこと。あのときは紗霧《さぎり》の怒《いか》りを鎮《しず》めるの、大変だったんだ。

「ほぉら、わたしの言ったとおりじゃない！　妹にセクハラしたり、お隣《となり》の美少女といちゃいちゃしたり――超贅沢《ちょうぜいたく》な休日よね。大富豪《だいふごう》でもできないわよ」

「誤解を招く言い方はやめろ！　紗霧《さぎり》には取材のために相談しただけだし、お隣《となり》の美少女とやらは勝手に不法侵入《しんにゅう》してきただけだ！」

何度目だよこのツッコミ！

「というわけでアンタの『休日の過ごし方』は決まったわね。――いつものようにわたしといちゃつきましょう！　さあ！」

がば！　と抱《だ》きついてくるエルフ。

そして同時に、どんどんどんどん！　と、床《ゆか》ドンが鳴《な》り響《ひび》く。

「兄さんのえっち！　ばか！　なんどゆったらわかるのっ！」

「そうだぞマサムネ君！　亜人《あじん》など外にポイして、今日は私と小説について語りあおうじゃないか！」

「あああもう！　思い出したぜ！　この過ごし方、まったく癒《いや》されねえんだよ！」

俺《おれ》は、逃《に》げるように家を飛び出していくのであった。


安らぎを求めて足の向くままに歩いていくと、駅前——たかさご書店へとたどり着いた。

そうそう、これも休日のお決まりパターンだったんだっけ。

段々と調子を取《と》り戻《もど》してきた気がする。

俺《おれ》は、いつも暇《ひま》になると、ラノベを買いに書店へと向かう。

流行のラノベを読んで勉強したり、単純に好きな作品を読んで心を休めたり。

本屋は、俺《おれ》にとって宝島のようなものだった。

そしてそんな癒《いや》しの場には、

「いらっしゃい、ムネくん！」

エプロン姿の、看板娘《かんばんむすめ》がいるのであった。

彼女《かのじょ》――高砂智恵《たかさごともえ》は、俺《おれ》・和泉《いずみ》マサムネの同級生で、駅前にある本屋さん『たかさご書店』の看板娘《かんばんむすめ》。趣味《しゅみ》は読書とスニーカー集め。漫画《まんが》とライトノベルを愛する女子高生だ。

ライトノベル作家、兼《けん》、高校生である俺《おれ》とは、とても話が合うのだった。

いっさい染めていない艶《つや》やかな黒髪《くろかみ》、穏《おだ》やかそうな眼差《まなざ》し、豊かな胸元《むなもと》。

とまぁ、一見のんびりとした優等生、といった外見なのだが……実のところはそうでもない。

「けっこう久しぶりだね」

「最近、仕事が忙《いそが》しくてさ。ようやく昨日、一区切りついたとこなんだ」

「お疲《つか》れさま。すっかり売れっ子作家になっちゃったねぇ」

からかうように言う。

「大げさすぎ。俺《おれ》なんかまだまだだよ。それより、しばらく来ないうちに――売り場の雰囲気《ふんいき》変わったな？」

「おっ、お気づきかな？」

にやり、とする智恵《ともえ》。

「そりゃ気付くよ。なんか、ずいぶんおしゃれになったよな」

レジ前に、カフェめいた読書スペースなんか設置しちゃったりして。

「キミが寄り付かなかった間に――たかさご書店は、リニューアルオープンしたのさ！」

「へーっ！」

まるでアニメの設定画が届いたから、さっそく原作に反映させたかのようだ。

新生たかさご書店。ラブリーなマスコットと、店外ラノベショーケースにも要注目である。

「これからはさらにラノベに特化した売り場になったから、ムネくんも、最前線で戦う作家として、ラノベ業界を盛り上げてくれよな。うちの売上向上のために」

「善処しますよ。——なんかオススメのラノベある？」

「ほいほい。ムネくんって、半年くらいずーっとラノベ読めてないよね？」

基本この店でしかラノベを買わないので、俺《おれ》の読書状況《じょうきょう》は、智恵《ともえ》に完全に把握《はあく》されているのであった。

「どんなやつがいい、とか、リクエストはある？」

「デスマ続きの仕事で心も身体も疲労《ひろう》中の俺《おれ》が、超《ちょう》久しぶりの休日に読むべき本」

「ブラック企業《きぎょう》勤めのおっさんかな？」

ほっとけ。

智恵《ともえ》は苦笑《くしょう》しつつ、手慣れた仕草で文庫を選び、俺《おれ》に提示してきた。

「じゃあ、コレかな。まだ読んでないでしょ？」

智恵《ともえ》が選んだのは、『青春ブタ野郎《やろう》』シリーズだ。

電撃《でんげき》文庫から発売されていて、ちょっぴり恥《は》ずかしいタイトルが俺《おれ》の親近感を強く刺激《しげき》する。

イラストも大変かわいい。

「あとは——コレとか、コレとか」

続いて彼女《かのじょ》が選んだのは、オーバーラップ文庫『最果《さいは》てのパラディン』、電撃《でんげき》文庫『ゼロから始める魔法《まほう》の書』、GA文庫『りゅうおうのおしごと！』等々。

「このあたりが、オススメかな」

「じゃあ、それぜんぶください」

「毎度あり」

もう、恒例《こうれい》のやり取りになってしまった。

智恵《ともえ》との会話は、俺《おれ》にとって、穏《おだ》やかな日常の象徴《しょうちょう》めいている。

「なんつーか……おまえの顔を見ると、ようやく休みになったって実感するよ」

「お？　ほんとに？　そりゃどうも……なんか照れるね」

と、そこで。智恵《ともえ》はなにやら面白《おもしろ》いことを思いついたようで、くすりと含《ふく》み笑《わら》いを漏《も》らす。

「あれかな？　ボクって、ラブコメラノベでたとえると、主人公の男の子——キミに癒《いや》しを与《あた》える幼《おさな》馴染《じみ》ヒロイン？」

「別に智恵《ともえ》って、俺《おれ》の幼《おさな》馴染《じみ》じゃないよね？」

「ずばっと全否定するよねキミ。いや、でも、ボクとムネくんとの付き合いも、そろそろ長くない？　そろそろ幼《おさな》馴染《じみ》と言っても過言ではなくない？」

そんな台詞《せりふ》を、実に楽しそうに言う。

「おまえが幼馴染《おさななじみ》かどうかとか、心の底からどうでもいいんだけど」

「ちょっ、キミ！　いまので美少女幼馴染《おさななじみ》ヒロインとの『お勉強イベント』フラグをへし折ったぞっ！」

「なんだそりゃ」

「だから～、キミ、超忙《ちょういそが》しいんだろ？　ってことはトーゼン『夏休みの宿題』、やってないだろ？」

智恵《ともえ》は大きな胸に手を添《そ》えて、

「ここはボクが一肌脱《ひとはだぬ》いで、キミに勉強を教えてあげようじゃないか！　ホラ、いつかの図書室のときみたいにさ！」

「俺《おれ》、おまえに勉強を教わった記憶《きおく》などないぞ？」

「うっそだあ～！　教えたじゃーん！」

「嘘《うそ》じゃねーって！　ちょっと待て、ちゃんと思い出してみるから……」

＊

――そう。

あれは去年の夏。俺《おれ》と智恵《ともえ》が高一の六月中旬《ちゅうじゅん》。クラスでの話題に『夏休み』という単語が混じり始めた、ある日の放課後。

席に座《すわ》って帰宅準備をしていた俺《おれ》は、近寄ってきた智恵《ともえ》に声をかけられた。

「ムネくん、ちょぉ〜っと、いいかなっ？」

智恵《ともえ》は、腰《こし》を折り曲げ、こちらにぐっと顔を近づけて、妙《みょう》にニコニコしている。俺《おれ》の眼前に胸がくる、たいそうあざといポーズであった。

「……めっちゃイヤな予感がするんだが。……なに？」

「ボクに、勉強を教えて欲《ほ》しいんだっ！」

うるんだ瞳《ひとみ》で、じっ……と俺《おれ》を見つめてくる。しばし見つめ合ったあと、俺《おれ》は片手を振《ふ》ってこう言った。

「……ゴメン、いま新作の執筆《しっぴつ》で忙《いそが》し、」

ぱんっ！　智恵《ともえ》は、手を合わせて俺《おれ》を拝む。

「無理を承知の上でお願いしたく！　どぉーか、学年十五位の和泉正宗《いずみまさむね》サマ！　追試をクリアしないと、補習で！　夏休みが！」

なるほど、そういう理由ね。

「……事情はわかったけど」

「むろん、タダとは言いませぬ！　報酬《ほうしゅう》として、今月の『電撃大王《でんげきだいおう》』を用意いたしております！」

おお……智恵《ともえ》にしては、奮発したな。

たぶん自分用に買ったやつなのだろうが、この本屋の娘《むすめ》は、通常、みだりに本をあげたり貸したりしない。自分ちで買い物をしてもらわなくちゃいけないからね。

そのポリシーを曲げてまでの『お願い』ということらしかった。

智恵《ともえ》の熱意を受け取った俺《おれ》は、こう返事をした。

「でも俺《おれ》が一番読みたい漫画《まんが》、休載《きゅうさい》してそうだしなぁ」

「お言葉どおり休載中《きゅうさいちゅう》だけども！　他にも面白《おもしろ》い漫画《まんが》がいっぱい載《の》ってるから！　最近連載《れんさい》が始まったばかりの作品もあるし、新規で購読《こうどく》を始めるにはうってつけの号だから！　——あっ、面白《おもしろ》かったら、来月からは自分で買ってよね」

「それってもう、報酬《ほうしゅう》というより、販促《はんそく》じゃないの？」

「くっ……これで足りないというのなら……！」

智恵《ともえ》は、ぎゅっと両目をきつくつむって、何故《なぜ》か赤面した。

「もうっ……ボクのカラダで払《はら》うしか……っ」

「教室でなに言ってんの⁉」

悲壮《ひそう》な雰囲気《ふんいき》を出すんじゃない！　女子グループから、スゲー目で見られてるんだけど⁉

「……だ、だって、ムネくんは、エロマンガ先生に、ぱんつを見せてくれる美少女を探してるんでしょ？　そこでボクが、エロマンガ先生の犠牲《ぎせい》になってあげる代わりに、勉強をだねっ」

「その件はもう解決したからいいよ」

解決したというか、捕《つか》まってみたというか、説明する気にもならないんだけども。

ともかく、それはまた別の話だ。

ちなみに、エロマンガ先生というのは、俺《おれ》の小説の挿絵《さしえ》を描《か》いてくれているイラストレーターで、別にえっちな単語でもなんでもない。

……えっちなやつではあるけれども。

断じて、えっちな漫画《まんが》を描《か》いている先生のことではないのである。

しかし、聞き耳を立てているであろうクラスメイトたちには、俺《おれ》が智恵《ともえ》に、勉強を教えてあげる代わりに、えっちな要求をしているようにしか聞こえんだろうな。

「くっ……これ以上ここで会話を続けるのはマズい」

俺《おれ》は、慌《あわ》てて立ち上がった。

「智恵《ともえ》、図書室に行こうぜ。追試の対策だけ、ぱっと教えるからさ」

「お、商談成立、ということかな？」

「いや、タダでいいよ。いつも面白《おもしろ》い本を教えてもらってるし、そのお返しってことで」

「ほんとにっ？　うわ、すっごく助かるっ」

智恵《ともえ》は、ほっと安心したように息を吐《は》き、微笑《ほほえ》んだ。

彼女《かのじょ》に好意を持つやつなら、それだけで報酬《ほうしゅう》になってしまうような笑顔《えがお》だった。

俺《おれ》は少々照れくさくなって、頬《ほお》をかく。

「あ、そうだ。恩に着てくれるんなら、俺《おれ》の新刊が出たとき、オススメ棚《だな》に並べてくれない？」

「いいよ〜。ただし！　ボクが読んで、面白《おもしろ》かったらねっ！」

残念ながら、そこは、書店員として曲げられないところらしかった。


俺《おれ》たちは図書室に移動して、長机を挟《はさ》んで、向かい合うように座《すわ》った。

長机の上には、ノートが広げられている。しばらく追試範囲《はんい》の内容を教えていると、智恵《ともえ》がノートから顔を上げ、言った。

「いやぁ、ムネくん、改めてありがとうね。優《やさ》しい友達がいた幸運に、感謝だっ」

「お礼は、追試結果で返してくれ」

「そのつもりだよ。にしても、試験結果の順位表を見て、びっくりした。キミって、あんなに成績よかったんだね。〝オシゴト〟だって忙《いそが》しいんだろうに、勉強する時間とかあるの？」

「毎回必死だよ。ちょっとした事情があってさ、成績落とせないんだ」

いま、ここでは関係のない話なのだが、俺《おれ》はとある理由によって、常に勉強と仕事を両立させている必要があるのであった。

「おまえこそ、見た目優等生っぽいのに……」

意外とアホなんだな。

「ん？　なにかな？　最後まで言ってごらん？」

あえて言わなかった台詞《せりふ》を察したのか、智恵《ともえ》が怖《こわ》い声で言う。

俺《おれ》は、あわててフォローを入れる。

「い、いや、まぁ……智恵《ともえ》にだって、すごいところはあるよ」

「ほぉう……？　たとえば？」

疑わしげに目を細める智恵《ともえ》。

こりゃ、いい加減なことは言えないな。

ええっと……。

智恵《ともえ》のすごいところ……すごいところ……。

「面白《おもしろ》い本とか、ゲームとか、アニメとか、たくさん知ってるし。本屋の陳列《ちんれつ》テクニックとか、次に流行《はや》る本の分析《ぶんせき》とか、ほら、えっと、以前の『富士見《ふじみ》ファンタジア文庫』みたいに巻数表示のされていないラノベを、ちゃんと刊行順に並べることができるスキルとかさ、地味にすごいと思う！」

以前、山田《やまだ》エルフ先生がこのスキルのことを、中二くさく〝超整理術《ソート・オブ・ファンタジア》〟なんて呼んでいたが。

「そういうのって、普通《ふつう》の女子高生には、できないことだと思うぜ」

熱いフォローをしてみたのだが、智恵《ともえ》は、憂《うれ》いを帯びた顔で言った。

「……学校では、評価されない項目《こうもく》ですからね」

「〝普通《ふつう》科高校の劣等生《れっとう》〟なんだな」

「それってただのバカってことだよね！」

があー、と席から立って声を荒《あら》げる智恵《ともえ》。

「図書室で大声出すなよ……ほら、周りからにらまれてんぞ」

「あっ……いけない、いけない」

智恵《ともえ》は両手で口を押《お》さえ、申し訳なさそうに座《すわ》る。

「……そういえばさぁ、ムネくん」

しばし勉強を続けていると、智恵《ともえ》がふとこう切り出してきた。

「ラノベ作家って、もうかるの？」

「…………………」

あまりにも下世話な話題に、俺《おれ》は、非難がましい眼差《まなざ》しを、異性の友人へと向ける。

「いや、だって！　やっぱ、気になるじゃんか！　ホラ、一オタク、一ラノベファンとしてね？」

いるよなー、こういう、うざい質問してくる友達。

マジで余計なお世話っつーか、そんなん知らなくたっていいじゃねーかよ。

社会人なら、どんな職業の人も経験する、あるあるネタかもしれないが。

「で？　どうなのさっ？」

「……人それぞれじゃないか？　それこそ例の『山田《やまだ》エルフ先生』とかなら、家を買えるくらい稼《かせ》いでいるだろうし」

俺《おれ》は、無難に答えたのだが、

「和泉《いずみ》マサムネ先生は、たいしたことないの？」

失礼すぎだろこいつ！

「……ど、どうかな。ぜんぜん本が出せなくって、一昨年みたいに年収がほぼゼロになっちゃうときもあれば、日本人の平均年収以上に稼《かせ》げた年もあるよ。……まぁ、やっぱ、色々としか言えないかな」

「ふぅん。よくネットとかで、『ラノベ作家は稼《かせ》げないから、編集者さんから、「絶対仕事やめるな」って言われる』なんて話を聞くけど」

「それは嘘《うそ》だな。ソースは俺《おれ》」

俺《おれ》は、自信を持って回答した。

「俺《おれ》の前作、『転生の銀狼《ぎんろう》』の売上が、ちょっと持ち直したとき、俺《おれ》の担当編集の神楽坂《かぐらざか》さんから電話がかかってきて――」


『和泉《いずみ》先生って、学生でしたよね？』

「はい、そうですけど」

『新作、いま売上持ち直して、けっこう売れてるっぽいんでー、やめませんか？』

「は？」

『学校なんかやめて、専業作家になっちゃいましょうよ！』

「ま、またまたご冗談《じょうだん》を」

『えっ？』

「えっ？」

『えっ？』

「……えっ？　ま、マジすか？」


「──ってなことがあった」

「ネトゲの廃人《はいじん》ギルドみたいだね」

「まぁ、もちろんやめなかったからこそ、いまこうしているんだけどさ。あと、一応フォローしておくと、作家の将来を気遣《きづか》ってくれる心優《やさ》しい編集者さんも、もしかしたら、この世のどこかには、いるかもしれない」

「……明らかに『いるわけねえ』というニュアンスが感じられるんですけど？」

「気のせいだ。……で、智恵《ともえ》、この話にオチはあんの？」

「えーっとね……あるっちゃあるかな」

「あるのかよ」

意外だ。

智恵《ともえ》は「んーとね」と、あごを上向けて、言葉をさまよわせる。

「もしもムネくんが、アニメ化するくらいの大ヒット作品を生み出して、山田《やまだ》エルフ先生くらいに大儲《おおもう》けしたらさあ——」

「大儲《おおもう》けしたら？」

智恵《ともえ》は、頬《ほお》を赤らめ、ちらっと視線をこちらに寄越《よこ》し、

「……ボクが、ムネくんのお嫁《よめ》さんになってあげても……いいよ？」

「金目当てを隠《かく》そうともしてねえ！」

ふざけんな！　せめてもうちょっとカムフラージュしろよ！

もちろん冗談《じょうだん》だったのだろう——智恵《ともえ》は、怒《おこ》る俺《おれ》を見て「あはははっ」と、大笑いしていた。

「ぷぷ……ま、考えておいてよ」

＊

場面は再び、現在のたかさご書店へと戻《もど》る。

「ほら、やっぱり俺《おれ》がおまえに教えてた側じゃねーか！」

「あははっ、あのときはありがとねー」

俺《おれ》の追及《ついきゅう》を受けた智恵《ともえ》は　ニコニコと微笑《ほほえ》んでいる。

この様子だと、最初から忘れちゃいなかったのだろう。

「ちなみに俺《おれ》、もう夏休みの宿題はとっくに終わらせてあるぞ」

「さっすが優等生……じゃないか。さっすが社会人、っていうべきかな？　昔っから変わらないよね、キミ」

「あの……智恵《ともえ》サン？　さっきから俺《おれ》の幼馴染《おさななじみ》であることを執拗《しつよう》に主張してくるけど、なんかあんの？」

「まぁまぁまぁまぁ――いいじゃないか、別にそこは。それより、まだ話は終わってないよ？　ここからが大事なところじゃないか」

智恵《ともえ》は妙《みょう》に楽しそうに、人差し指を、魔法《まほう》のステッキのように振《ふ》る。

「あのとき――美しき幼馴染《おさななじみ》のかわいいプロポーズに、キミはなんて応えたんだっけ？」

「ツッコミどころ満載《まんさい》でどうしたものかという感じだが……」

確か、あの会話の続きは――


「却下《きやつか》。俺《おれ》、好きなひといるし」

「！　……へ、へえ――誰《だれ》？　誰《だれ》？　同じクラス？」

「秘密」


「そうそう！　あまりにもひどい断り方だと思わない!?　なに日常会話の一コマみたいな感じでフッてくれてんのさ！」

「意味がわからん。からかって言ったくせに」

すると智恵《ともえ》は、何故《なぜ》かさらに声量を上げる。

「キミ、小説家だろー！　もっと適切な断りの文句を考えろよ！」

「慎重《しんちょう》なる選考を重ねましたところ、残念ながら、今回はご期待に添《そ》えない結果となりました。多数の男性の中から俺《おれ》を選び、ご応募《おうぼ》頂きましたことを深謝するとともに、高砂《たかさご》様の今後一層のご活躍《かつやく》をお祈《いの》り致《いた》します」

「お祈《いの》りはやめろおー!!」

幼馴染《おさななじみ》ヒロインというより、弱点を衝《つ》かれた悪役のような断末魔《だんまつま》であった。

「こんな台詞《せりふ》でフラれたヒロインとか、ラノベの起源からたどっても絶対いない！」

「よく探せ。もっとひどい断り文句もきっとあるぞ」

角《かど》が立つので作品名は挙げない。

「はぁ、キミと喋《しゃべ》ってるといっつもこうだ」

「ははは、そうだな」

ムラマサ先輩《せんぱい》や、エルフとはまた違《ちが》う形で——話が合う。歯車が、かちりと嚙《か》みあうような感覚。

「……ま、いいけどね。まだお互《たが》い高校生なわけだし」

智恵《ともえ》はがっくりと肩《かた》を落とし、しかしすぐに復活して軽く言う。

「じゃあ、せめて『キミの好きな人』を教えろよ」

「やだよ」

エロマンガ先生のことまで説明しなくちゃいけなくなるし。

「いーじゃーん。ボクとムネくんの仲だろー？」

「俺《おれ》とおまえの仲ってなんだよ。金目当てで、プロポーズをする程度の仲なんだろ？」

「いやいや、愛はともかく、ボクたちの間には、無償《むしょう》の友情があったはずだぜ？」

…………。

「……なにさ、ムネくん。その何か言いたそうな顔は？」

「俺《おれ》って、なんでおまえと友達になったんだっけ？」

「ちょ、ひどーい！　忘れちゃったの？」

智恵《ともえ》は立ち止まり、俺《おれ》に顔を近づけて声を荒《あら》げる。

「ちょっとー、ちゃんと思い出してよ！　キミの大切な『記念日』だったはずだろ！」

「？　智恵《ともえ》と仲良くなった記念日ってこと？」

「それもあるけど！　えっと、ほら、ボクらがまだいたいけな中学生だった頃《ころ》——」

＊

そう……あれは俺《おれ》が中一の頃《ころ》。

たしか、土曜日か日曜日だったはずだ。

「…………うう……緊張《きんちょう》する……」

朝の十時……俺《おれ》は、智恵《ともえ》の実家『たかさご書店』のライトノベルコーナーにて、不審《ふしん》者丸出しで震《ふる》えていた。なぜって、今日は、俺《おれ》・和泉《いずみ》マサムネの書いた小説が、初めて本屋に並ぶ日だからだ。

俺《おれ》の目前、新刊棚《たな》には、俺《おれ》のデビュー作である小説『ブラックソード』が、平積《ひらづ》みされていた。

「うおお……本当に……売ってるよ……俺《おれ》の本…………エロマンガって書いてあるけど」

俺《おれ》の担当イラストレーター『エロマンガ先生』の名前が、表紙に、しっかりと印字されているのであった。おそらく、作者の名前と勘違《かんちが》いする読者もいることだろう……。なんでこの人、こんないかがわしいペンネームをつけやがったんだよ。

めちゃくちゃかわいいイラストを描《か》いてくれたから、感謝しちゃいるんだが……この名前だけはなんとかして欲《ほ》しかった。

「いたた……アイタ……」

『我《わ》が子』の立派な晴れ姿に感動しつつも、俺《おれ》の胃袋《いぶくろ》は、きりきりと痛みを強めていく。

……俺《おれ》、作家デビューしたんだなぁ。

俺《おれ》の本、買ってくれる人がいるんだろうか。

わくわくと心躍《おど》る気持ちと、不安でたまらない気持ちが、渾然一体《こんぜんいったい》となって渦巻《うずま》いている。

「………………」

もちろん、作者が本屋に来たところで、自著の売上を左右できるわけでもない。

そんなことは、わかってる。わかっちゃいるんだが——どうしても、このまま家に帰る気にはなれなくて。

どうしたか……って、いうとだな。

「…………………ごく……」

俺《おれ》は、本棚《ほんだな》の陰《かげ》に隠《かく》れて、自著の売れ行きを監視《かんし》する態勢に入ったのであった。

ちょうど、星飛《ほしひ》●馬《ま》を見守るお姉ちゃんのような格好だ。

「……はぁ～、はぁ～、はぁ～」

緊張《きんちょう》のせいで息は荒《あら》く、顔色は真っ青で、冷《ひ》や汗《あせ》をびっしょりとかいている。俺《おれ》は、きっと血走っているだろう目で、ライトノベルコーナーを凝視《ぎょうし》する。

たぶん、漫画《まんが》家とか小説家とか、みんな似たようなことをやってると思う。

新刊の発売日だからか、開店直後だというのに、お客さんはそこそこいる。

しばし新刊棚《だな》に熱視線を送り続けていると――

「おっ！」

ついに、俺《おれ》のデビュー作を手に取った人がいた。高校生くらいの男子だ。彼《かれ》は、手に取った本の表紙をじっと見て――裏返したり、背表紙を見たり、買おうかどうか迷っている様子。

――よし！　買えッ！　買うんだ！　お願いします！　きっと面白《おもしろ》いから！

「…………なんだよこのエロマンガって……恥《は》ずかしくて買えねーよ」

ぽいっ。無情にも、売り場に戻《もど》される俺《おれ》のデビュー作。

「ぐっ、ちくしょぉぉぉぉぉ～～～～！　エロマンガじゃないのに……！　えっちな内容じゃぜんぜんないのに……ッ！」

本棚《ほんだな》の陰《かげ》で一部始終を見届けた俺《おれ》は、歯をギリギリと喰《く》いしばって悔《くや》しがった。

「ハア……ハア……」

さらに見守ること数分。再び、俺《おれ》のデビュー作を手に取る人がいた。

――よォしッ！　今度こそ！　買ってください！　エロマンガって書いてあるけど、えろくないから！　さあ！　勇気を出して！

「…………新人作家か……人柱待ちだな」

ぽいっ。無情にも、売り場に戻《もど》される俺《おれ》のデビュー作。

「ぐっ、エラそうに〜〜〜〜〜〜ッ！　何様だてめえ！」

俺《おれ》は、本棚《ほんだな》の陰《かげ》から、呪《のろ》い殺さんばかりににらみつけてやる。

モンスターペアレンツと呼ばれる親たちの気持ちが、いまの俺《おれ》には、実によくわかる。

「ハア……ハア……」

さらに数分見守るも、一向に俺《おれ》の本を買ってくれる人は現れない。

「く……っ」

や、やばい……。このまま一冊も売れなかったらどうしよう……。

デビュー早々、一巻打ち切りになっちゃったら、どうしよう……。

そんな情けなくも切実な想《おも》いから、つい、魔《ま》が差してしまったのだ。

俺《おれ》は、ふらふらとライトノベルコーナーに近づいていくや、おもむろに自著を手に持ち、周囲に聞こえるよう一言。

「おっ！　なんか超面白《ちょうおもしろ》そうなラノベが売ってるぞぉ〜？」

顧《かえり》みてみれば、わざとらしいにも程《ほど》がある台詞《せりふ》であった。

「イラストもかわいいし、和泉《いずみ》マサムネってペンネームもかっこいいし、あらすじも楽しそうだし——こりゃ、大ヒット間違《まちが》いなしですわ！」

チラッ。

「表紙にエロマンガって書いてあるけど、イラストレーターさんの名前で、内容には関係ないし……えっちな小説じゃちっともないし…………勇気を出して、買っちゃおうかなァ？」

チラチラッ。

——さあ、皆《みな》の者！　買えッ！　買うのだ！

作者である和泉《いずみ》マサムネ先生みずから、ライトノベルコーナーにいるお客さんたちに、熱い念を送ってやる。

そんなことを、調子こいて、数分間にもわたって続けていたときだ——

ぽん、と俺《おれ》の肩《かた》に、背後から手が置かれた。

「はい？」

きょとん、と、俺《おれ》が振《ふ》り返《かえ》ると、そこには、

「…………お客様、ちょっと、お話が」

筋肉ムキムキでド迫力《はくりょく》の、ザ[redacted]ギエフみたいなおっさんが、かわいいエプロン着用で、立っていたのである。

店内で騒《さわ》いでいた俺《おれ》は、ハゲ髭《ひげ》マッチョな店主によって、書店のバックルームに連れていかれた。

ばんっ、と、机を叩《たた》き、何度目かの弁明を繰《く》り返《かえ》す。

「ですから！　俺《おれ》が作者なんですよ！　この本の！」

「……こんなに若い作家がいるか。うちの娘《むすめ》と同じくらいじゃねぇか」

「本当ですって！　最近中学生デビューとか、珍《めずら》しくない時代なんですってば！　えっと——ほら、これ、学生証！　和泉正宗《いずみまさむね》って書いてあるでしょ！　この本の作者と、ほとんど同じ名前ですよ！　これが証拠《しょうこ》です！」

「むう……いや、しかしなあ」

と、そのとき、俺《おれ》の背後から女の子の声が聞こえてきた。

「ちょっとぉ、おとーさん、お店空っぽにしてなにやってんの？　万引きかなにか？」

「いや、店で騒《さわ》いでるやつがいたからよ。他のお客様の邪魔《じゃま》になるかもしれねぇから、引っ張ってきて事情を聴《き》いてたんだが……」

「んっ、ありゃ？　和泉《いずみ》くんじゃない？　一組の」

「えっ？」

振《ふ》り返《かえ》ると、声の主は、俺《おれ》と同じ年（中一）くらいの女の子だった。

黒髪《くろかみ》ロングの、おとなしそうな顔立ち。飄々《ひょうひょう》とした口調は、見た目と少しギャップがある。

黒い三本ラインの入った、アディダスのスニーカーをはいていた。

「君は……」

「高砂智恵《たかさごともえ》。覚えてないかなぁ、小三のとき、同じクラスだったんだけど」

「……ごめん」

「そか。ま、いーや」

「……小僧《こぞう》、こんな美少女を忘れたってのか？」

ドスの聞いた声で凄《すご》んでくるザンギ、もとい店主。

俺《おれ》は震《ふる》えあがって「す、すみません」と謝《あやま》る。

すると高砂《たかさご》さん――娘《むすめ》さんの方だ――は、かぁ、と顔を赤らめて、

「ちょ、おとーさん！　恥《は》ずかしいこと言わないでっ！　えっと――で、どゆこと？」

「だからな。この店で騒《さわ》いでた小僧《こぞう》が、『自分がこの本を書いた作家』だとかなんとか、下手な嘘《うそ》を吐《つ》いてよう」

答えたのは、俺《おれ》ではなく、店主だ。彼《かれ》は、毛むくじゃらの手で、机の上に置かれていた、俺《おれ》

のデビュー作を取り、娘《むすめ》に表紙を見せる。

「あ、それ。今日発売の新刊じゃ――って、え？」

どうやら、著者名に『和泉《いずみ》マサムネ』とあるのを見つけたらしい。

「和泉《いずみ》マサムネ……？　和泉正宗《いずみまさむね》……？　ん？　んん？　ま、まさかっ！」

はっ、と、俺《おれ》を見る高砂《たかさご》さんに、俺《おれ》は言った。

「うん……俺《おれ》が、その本の作者――『和泉《いずみ》マサムネ』なんだ」

「……マジで？」

「マジで」

「……偶然《ぐうぜん》じゃねぇのか？」

店主は、依然《いぜん》として、胡散臭《うさんくさ》そうな眼差《まなざ》しで俺《おれ》を見てくる。

「ほ、本当ですって」

デビュー当日に、自分がラノベ作家だと正体をバラす羽目になるとは思わなかったが、他に、あの奇行《きこう》を説明できる理由が思いつかない。

だからこそ、俺《おれ》は自分こそが和泉《いずみ》マサムネだ――と、そう主張したわけだが。

どうも、店主のおっさんには信じてもらえていないらしい。

一方、娘《むすめ》の高砂《たかさご》さんの方はどうかというと、なにやら腕《うで》を組んで考《かんが》え込《こ》んでいた。

「うーん、うむむ………………ねぇ、和泉《いずみ》くんさぁ」

「な、なんだ？」

「『ブラックロッド』と『ブラッドジャケット』と『ブライトライツ・ホーリーランド』。この三作ではどれが一番好き？」

どれも電撃文庫《でんげきぶんこ》から発売されている超《ちょう》名作小説だ。

俺《おれ》は、質問の意図をはかりかねながらも、即答《そくとう》していた。

「『ブラッドジャケット』」

「ふーん」

高砂《たかさご》さんは、納得《なっとく》したように首肯《しゅこう》する。

ぴ、と、指を一本立てて、

「ラノベキャラで、キミが一番かっこいいと思う名前は？」

「『霧間《きりま》凪《なぎ》』」

「ほうほう。んじゃあ、『ブギーポップ』シリーズで、一番好きな本は？」

「高砂《たかさご》さん……この質問に、なんの意味があるわけ？」

「『ライトノベル性格分析《ぶんせき》』ってとこかな。いーから答えてよ」

「『VSイマジ――いや』俺《おれ》は、ちょっと考えて、「『エンブリオ炎生《えんじょう》』、かなあ」

「そっか、そっか、なるほどねえ――ど﹅ー﹅り﹅で。ちなみにボクは、『パンドラ』と『ペパーミントの魔術師《まじゅつし》』が好きだよ」

「あ、俺《おれ》も『パンドラ』は、超《ちょう》好き」

「お、わかってるねっ。うーむ……まさか和泉《いずみ》くんが、十年以上前のラノベトークにすら付いて来れるほどの逸材《いつざい》だったとはっ！」

「高砂《たかさご》さんこそ」

「てへへ、早く言ってよねー、同じガッコにボクとめっちゃ話合う人がいるなんて、知らなかったよ。……ところで、うちのおとーさん、ちょっと『イナズマ』に似てない？」

「え、えぇ～？　に、似てないと思うけど！」

どう見ても『イナズマ』ってより、『レッドサイクロン』とか『ミスター・ブラウン』って感じだろ。

「おいおい、なんの話だ？　さっぱりわからんぞ」

置いてけぼりにされたザンギ、じゃなくて店主が、自分の娘《むすめ》に困惑《こんわく》の顔を向けると、高砂《たかさご》さんは、あっさりとこう答えた。

「おとーさん、和泉《いずみ》くんの言ってること、たぶん本当。『自分が作者だ』なんて言って、ごまかそうとしているわけじゃないよ」

「なんでわかる？」

「うーんとね、いま、ちょっと話して、そう思った。ラノベ好きなやつに悪いやつはいない――って、それだけじゃ弱いかな？」

「まぁな」

高砂《たかさご》さんは、俺《おれ》のデビュー作『ブラックソード』を指さして、

「えっと、じゃあ……あんまり大きな声じゃ言えないんだけど……ボク、今日発売のラノベ、昨日店に入荷《にゅうか》したときに読んじゃったんだよね」

「え……てことは、俺《おれ》の本も読んでくれたってこと？」

「えへへ、そゆこと。びっくりしちゃった——和泉《いずみ》くん、キミ、ボクが作品を読んで想像した作者のイメージそのものなんだもん。だから、きっとこの人が『和泉《いずみ》マサムネ先生』本人なんだろうなって、思った。それに——同じクラスで一年間過ごしたこともあるしね。キミは、そんな嘘《うそ》をつくようなひとじゃないよ」

「…………………」

俺《おれ》と店主は、呆然《ぼうぜん》と高砂《たかさご》さんを見つめる。

「今日は、『和泉《いずみ》マサムネ』のデビュー作発売日だし、お店の中で様子がおかしかったのは、そのせいじゃないかなー」

……見透《みす》かされている。

「ふぅーむ」

店主は、難しい顔で腕《うで》を組んで、

「わかった。おい、小僧《こぞう》。もう、店で騒《さわ》ぐなよ」

「はい、すみませんでした」

「…………」

店主は、立ち上がり、店番へと戻《もど》って行った。

見た目よりは怖《こわ》くない人なのかもしれないが……いずれにせよ、もう迷惑《めいわく》をかけないようにしよう。

「……ふぅ、助かったよ」

威圧感《いあつかん》の塊《かたまり》がバックルームから去り、俺《おれ》は、ようやく一息つく。

ところが、そこで、高砂《たかさご》さんが、上機嫌《じょうきげん》に近づいてきた。

「で？　和泉《いずみ》マサムネ先生——なんか面白《おもしろ》そうだし、話、聞かせてよ」

＊

「ああ、記念日って、俺《おれ》のデビュー作の発売日か。その日におまえと初めて話したんだっけ」

「そうそう！　なんだよー、ちゃんと覚えてるじゃん」

場面は再び、現在、たかさご書店へと戻《もど》る。

「そのあとムネくんが、ラノベ作家だってことを学校では隠《かく》したいから、秘密にしてて——って言い出して」

「ずっと内緒《ないしょ》にしてくれてたよな」

「そりゃ、約束しましたからねー」

「すぐバラされるって思ってた」

「ちぇー、ひどいなあ。こう見えて、けっこう義理堅《ぎりがた》いんだぜ、ボク」

「知ってる。友達だからな」

「そ。ムネくんが学校で唯一《ゆいいつ》ラノベの話ができる友達だ。ボクにとってもね」

俺《おれ》はともかく、智恵《ともえ》は学校でも友達が多い方だと思うのだが。

やっぱり、書店員でラノベ担当をしている彼女《かのじょ》と同じレベルで、ラノベトークができる女子は、いないらしい。

だから——お互《たが》いにとって、いい出会いだったのだろう。

「智恵《ともえ》」

俺《おれ》は、友人の目をまっすぐ見て、礼を述べる。

「これからも、よろしく」

おまえと会えてよかったよ——そんな想《おも》いを込《こ》めて。

それが伝わったのかどうなのか。

「……う、うん」

智恵《ともえ》はらしくもなく、もじもじと頬《ほお》を赤らめている。

「なに照れてんだよ」

「え、や、だって、急に改まって言うからさ！」

うん、実は俺《おれ》も言ってて恥《は》ずい。

俺《おれ》は、ごまかすように片手を挙げて、

「じゃ、帰って本読むわ」

「ん、ゆっくり休みなね」

「ああ」

と、踵《きびす》を返《かえ》す。

「あ、ムネくん——」

「ん？」

振《ふ》り返《かえ》ると、エプロン姿の智恵《ともえ》は、俺《おれ》ににこりと笑いかけて、

「ボクが選んだ本。読んだら、感想、聞かせてよね」

「————」

智恵《ともえ》が一番魅力《みりょく》的になるのは、こうして誰《だれ》かに本を薦《すす》めるときだ。

そのへんのラノベヒロインなんか、目じゃないぜ。

——なんて恥《は》ずかしい台詞《せりふ》、とても言えるわけがない。

たかさご書店でラノベを買って帰ると、ムラマサ先輩《せんぱい》が、玄関《げんかん》で俺《おれ》を出迎《でむか》えてくれた。

「おかえりなさい、マサムネ君」

「あ、ああ……ただいま、ムラマサ先輩《せんぱい》」

なんだろう……この新妻《にいづま》感。相変わらず、年下だというのに大人びた色気のある人だ。

「えと……エルフと紗霧《さぎり》は？」

そう聞いたのは、ムラマサ先輩《せんぱい》だけが出迎《でむか》えに来るというシチュエーションが不自然に思えたからだ。またぞろ、全員揃《そろ》って騒《さわ》がしいお出迎《でむか》え——ということならわかるのだが。

「ああ、それは」

ムラマサ先輩《せんぱい》は、苦笑《くしょう》して答えてくれた。

「先ほど、君が逃《に》げるように出て行ったあと——皆《みな》で話して、反省したのだ。今日は、マサムネ君にとって、久しぶりの休日なのに——アレはよくなかったろう……と、な。すまなかった。皆《みな》を代表して詫《わ》びよう」

恩人代表に頭を下げられ、俺《おれ》は、慌《あわ》てて手を振《ふ》り否定した。

「いやいや！　別にあのくらい、お世話になってることを考えたら、たいしたことはないって！　……まぁ、さっきはつい逃《に》げちゃったけども」

「そう言ってくれると、我らも救われる。——ともあれ、もう君が休む邪魔《じゃま》はしない。今日という休日を、ゆっくりと過ごして欲《ほ》しい」

「ああ、ありがたく……そうさせてもらうよ」


当初の予定どおり、自分の部屋に戻《もど》ってラノベを読む。

ベッドにうつぶせになって、ページをめくっていく。

書くのと違《ちが》い、読むのは特に速くない。一冊の文庫本を、二時間くらいかけて、ゆっくりと読む。静かで、穏《おだ》やかで、幸せな時間だった。

──本当、恵《めぐ》まれているよな、俺《おれ》。

本来なら、皆《みな》が協力してくれなければ──いまも必死になって仕事をしていただろうに。

ずっしりと腰《こし》にくる疲《つか》れが、いまはむしろ心地《ここち》よかった。

きっと休みが終わる明後日《あさって》には、すっきりとリフレッシュして、また作品作りに没頭《ぼっとう》できるようになるだろう。その確信があった。

二冊目の本が半分くらい読み終わった頃《ころ》。

とんとん、と扉《とびら》がノックされた。

「はい、どうぞ」

身体を起こし、返事をする。と、ムラマサ先輩《せんぱい》が扉《とびら》を開けて、姿を現した。

楚々《そそ》とした微笑《びしょう》で、

「マサムネ君。あと十分ほどで夕食の時間だ。リビングに来てくれ」

「ああ、すぐ行くよ」

読んでいた本にしおりを挟《はさ》み、枕元《まくらもと》に置く。

ムラマサ先輩《せんぱい》が、読みかけの本を見て、優《やさ》しく問うてくる。

「その本、好きなのか？」

「いま一巻を読んでるんだけど、好きになれそう……かな」

「ほう」

「いきつけの本屋で、オススメしてもらったんだ。俺《おれ》の『休日に読む本』ってことでさ。どれも、リクエストどおりの本だったよ」

「つまり、君が『休日に読みたい本』か。ふむ、興味があるな。タイトルを見たところ、ジャンルもバラバラなようだが？」

「んー、どう言ったらいいかな。ジャンルとかじゃなくて……俺《おれ》が休みの日に読みたいのは……自分が書いているのとは違《ちが》う方向の、面白《おもしろ》い本なんだ」

俺《おれ》の答えに、先輩《せんぱい》は首をかしげる。

「？　わからないぞ？」

「説明が難しいけど……読んでて、俺《おれ》が『先にやられた！　悔《くや》しい！』とか『あーっ、その手があったか！』とか『うおーっ、このシーン負けた！　チクショー書き直そう！』とか、そういうのがない本がいいってこと。自分と同じ方向の作品だと、それが面白《おもしろ》ければ面白《おもしろ》いほど、どうしても勉強とか研究とか対抗《たいこう》とか、そういう目線になっちゃうからね。──休日に読む本としては、仕事抜《ぬ》きで読める本……『一読者として素直《すなお》に楽しめる作品』が、いいかな」

「ははあ、なるほど……」

納得《なっとく》してくれたらしい。先輩《せんぱい》は、ふむふむと頷《うなず》いている。

「私には理解し難《がた》い感覚だな」

「かもね」

自分一人で完結してるもん、ムラマサ先輩《せんぱい》は。

「ということは、君が『休日に読みたくない本』もあるのかな？」

「そりゃあるよ。……山田《やまだ》エルフ先生の『爆炎《ばくえん》のダークエルフ』もそうだし……──」

「そうだし？」

「………………………」

「マサムネ君？　なぜ黙《だま》り込《こ》む？」

俺《おれ》の顔を、ムラマサ先輩《せんぱい》が覗《のぞ》き込《こ》んでくる。

台詞《せりふ》を途中《とちゅう》で止めたのは、俺《おれ》にとってもっとも『休日に読みたくない本』が……

──あんたの本だからだよ！

そう。

俺《おれ》にとって、千寿《せんじゅ》ムラマサという小説家は、ずっと……特別な存在だった。

＊

俺《おれ》の『年下の先輩《せんぱい》』について、話そうと思う。

千寿《せんじゅ》ムラマサは、かつて、和泉《いずみ》マサムネの天敵だった。

俺《おれ》とよく似たペンネーム、よく似た作風、よく似た速筆《スキル》、六十倍の売上実績を持つ、俺《おれ》よりもさらに若い、レーベル最年少のライトノベル作家。

累計《るいけい》部数一〇〇〇万部オーバーの怪物《かいぶつ》。

新人時代の和泉《いずみ》マサムネは、なにかと『彼《かれ》』と比べられ、たいそう風当たりの強い日々を過ごしたものだ——心にいくつものトラウマを刻まれ、いくつもの新企画《しんきかく》を潰《つぶ》され、作家廃業《はいぎょう》の危機にさえ追《お》い込《こ》まれた。

恥《は》ずかしながら、『ムラマサ死すべし』『あいつさえいなければ』などと、恨《うら》んでいた時期もある。

さて、そんなムラマサ先輩《せんぱい》と、『ラノベ天下一武闘会《ぶとうかい》』のとき、俺《おれ》は初めて対面したわけだ。

初めて顔を合わせ、会話をし——激突《げきとつ》した。

それは、ここで語るべきエピソードではないし、むちゃくちゃ長くなるので割愛《かつあい》するが、このときを境にして、俺《おれ》とムラマサ先輩《せんぱい》の関係は、大きく変わった。
俺《おれ》の天敵、年下の先輩《せんぱい》——千寿《せんじゅ》ムラマサは、
着物が似合う、当時十四歳《さい》の、女の子だったのだ。

ムラマサ先輩《せんぱい》とは、どんな人なのか？　あらためてそう聞かれると、ちょっと困ってしまう。

そうだなぁ。これは、以前、先輩《せんぱい》と一緒《いっしょ》にファミレスに入ったときのことなんだが——

「ムラマサ先輩《せんぱい》、注文なにがいい？」

俺《おれ》が対面の先輩《せんぱい》に話しかけると、着物姿の彼女《かのじょ》は、

「…………」

まったく返事をしてくれなかった。じっと厳しい顔で虚空《こくう》をにらみつけたまま、綺麗《きれい》な姿勢で固まっている。

「先輩《せんぱい》？　おーい、先輩《せんぱい》？」

目の前で手を振《ふ》っても、反応なし。目を開けているのに、ぴくりともしない。

色白で、端正《たんせい》な顔立ちなものだから、蠟《ろう》人形になってしまったんじゃないか——なんて、ありえない想像をしてしまう。

「………せんぱ——」

「よし！」

「うわ！」

先輩《せんぱい》の眼《め》に光が宿った――と思いきや、いきなり大声を出す。俺《おれ》はびっくりして、ひっくり返りそうになってしまう。〝静〟から〝動〟へ――イキイキと活動を始めた彼女《かのじょ》は、ぐるりと首を回して、俺《おれ》を認めるや、

「ん？　マサムネ君、どうした？」

「それはこっちの台詞《せりふ》だ。どうしたんだ、いったい。いきなり大声を出してさ」

「ああ――決めたぞ、マサムネ君！」

「……お、おう……注文を決めるくらいで、なにをおおげさな」

ムラマサ先輩《せんぱい》は、ハキハキした口調で、

「私は、恋人《こいびと》を殺す！」


「楽しそうになに言ってんだ先輩《せんぱい》！」

ざわっ……ざわざわ……！

やだ、殺すですって……痴情《ちじょう》のもつれかしら……？

ホラ！　周りのお客さんが、何事かって目でこっちを見てる！

先輩《せんぱい》は、きょとんと首をかしげて、

「なにって、私がいま書いているバトル小説の話だが？」

「知ってるよ！　ヒロイン！　主人公の恋人《こいびと》な！　でも、他の人にはそう聞こえてねーから！」

「止めてくれるな！　熟慮《じゅくりょ》の末の結論なんだ！」

いや、俺《おれ》が止めてるのは、あんた自身の奇行《きこう》……。

そこで先輩《せんぱい》は、がらりと凶悪《きょうあく》な形相になった。

初めて会ったときの、あの悪役オーラたっぷりの表情である。

「フン……こうなったからには、やつはもう殺すしかない！　できる限り残忍《ざんにん》な方法でだ！

——むしろ、君を凶器《きょうき》の専門家と見込《みこ》んで、アドバイスをもらいたい。人体を派手に八《や》つ裂《ざ》きにするためには、どのような刃物《はもの》を使用するべきだろう！　和泉《いずみ》先生！」

「マジでやめろ！　ここ、俺《おれ》んちの近所なんだぞ!?」


いかん。

先輩《せんぱい》の魅力《みりょく》をアピールしようと思ったのに、なんか違《ちが》うところが目立ってしまった。

えーと、そうだな……。先輩《せんぱい》のいいところ……いいところ……うーん。

美人で格好良くて、着物がよく似合ってて、透《す》き通《とお》るような肌《はだ》の色とか、色っぽい首筋とか
……あ、あと意外と着やせするタイプで胸が——って、外見ばっかりだな！

脳内の妹から『兄さんのえっち』と言われてしまったので、違《ちが》う方向に行こう。

ものすごく小説を書くのが上手《うま》い――これはもう言ったか。

なら、これだ。

千寿《せんじゅ》ムラマサ先輩《せんぱい》は、とんでもなく大物なのだ。

あるとき、こんなことがあった――

俺《おれ》んちのリビングで、先輩《せんぱい》と一緒《いっしょ》にテレビを見ていたときのことだ。

「先輩《せんぱい》、このドラマはどうだ？」

「普通《ふつう》」

「……そっか。じゃあ、さっき見た魔法《まほう》少女アニメは？」

「普通《ふつう》かな」

「な、なるほど……じゃあ、その前に見た、特撮《とくさつ》は？」

「舞台《ぶたい》がうちの近所だった」

「…………………」

解説しよう。

ムラマサ先輩《せんぱい》は、本屋に売っている小説を読んでも、一部の例外を除き、まったく面白《おもしろ》く感じないという〝病気〟なのだ。

この話を聞いたとき、俺《おれ》は内心こう思った。

――小説以外だと、どうなんだろう?

というのも、クリエイターって、良くも悪くも色んな作品の影響《えいきょう》を受けて、学び、成長していくものじゃんか。もちろん影響《えいきょう》を受けるのは、自分が好きな作品たちなわけで。

あんなに面白《おもしろ》い小説を書く先輩《せんぱい》が、〝自分が楽しめるわずかな例外〟だけに影響《えいきょう》を受けてきたとは、ちょっと思えないのだ。

で、本人に聞いてみたんだよ。そしたら、こんな答えが返ってきた。

『別に、まったく楽しめないわけじゃない。それに、私が個人的に楽しめるかどうかと、その作品から学べるかどうかは、また別の話だ』

自分が面白《おもしろ》いと思わない作品からも、学んでいる、ということなのだろう。

素直《すなお》に感心したので、俺《おれ》も見習いたい。

『――とはいえ、正直、ちょっとした食《く》わず嫌《ぎら》いみたいになっているところがあるんだ。アニメにせよ、映画にせよ、一定時間、画面の前に居なくてはいけないところが苦手でね』

すぐに小説のネタを思いついて、この前のファミレスんときみたいなことになるものな。

そうなったら、映画の内容など、吹《ふ》っ飛《と》んでしまうに違《ちが》いない。

試《ため》すまでもなく、千寿《せんじゅ》ムラマサと映像作品の相性《あいしょう》は悪そうだ。

『そういうことなら、先輩《せんぱい》、うちで観《み》てみる? 資料用のBD作品が、けっこうあるんだ』

『──君が、となりで一緒《いっしょ》に観《み》てくれるのなら』

先輩《せんぱい》の付けた〝条件〟については、よくわからんのだが……。

そういうことになった。

そんで、さっきから、先輩《せんぱい》とふたり、二人掛《が》けのソファーに並んで座《すわ》って、映像作品を観《み》まくっていたってわけ。

見てのとおり、先輩《せんぱい》の反応は芳《かんば》しくない。

その後、数時間ほど視聴《しちょう》を続けてから、俺《おれ》はこう切り出した。

「やっぱ、ダメか。どれも俺《おれ》が面白《おもしろ》いと感じた作品なんだけど」

「いや、そうでもない。さほど悪くない作品もあったぞ？」

「マジで？」

あの先輩《せんぱい》が、『悪くない』って言うほどのアニメ？

「どれだ？」

「いまテレビに映っているアニメ」

先輩《せんぱい》は、何気ない仕草で、テレビを指さす。俺《おれ》は、彼女《かのじょ》の指先を目線で追い、

「…………………………」

ごしごし。腕《うで》で目をこすって、もう一度確認《かくにん》。

間違《まちが》えるわけもない──俺《おれ》が自分で録画して、再生して、先輩《せんぱい》に見せたものなのだから。

このアニメは——

「うん、なかなかのものじゃないか。まさか、私がそう思えるような作品が、いま、まさに放映中だったとはな。知らなかった。ラノベが原作ならすぐに読んでみたい。なんて作者だ？」

「あんただ、あんた」

「えっ？　あんた氏という名前？」

「このアニメの原作者は、先輩《せんぱい》だ！」

「私？」

ぱちくり、と瞬《またた》きする先輩《せんぱい》。

これ……！　この人！　自慢《じまん》するためにトボけてるわけじゃないんだぜ⁉

本気で言っているんだぜ⁉　信じられるか⁉

俺《おれ》も最初はびっくりしたよ——なにせこの人、小説家のくせに、俺《おれ》たちが指摘《してき》するまで、自分が書いた小説のタイトルを知らなかったんだからな。

「そうだよ！『幻想妖刀伝《げんそうようとうでん》』！　この前新刊脱稿《だっこう》したばっかだろ⁉　タイトルも覚えたって言ってたよな⁉」

「『幻刀《げんとう》』？　このアニメがか？　ふぅーむ、確かに似ているような気もするが……内容が違《ちが》うじゃないか。私が書いたのは、こういう話じゃないぞ」

「あんたが監修《かんしゅう》してねーからだろ！」

このアニメは、ムラマサ先輩《せんぱい》が書いた原作小説と、登場人物もストーリーもほぼ同じなのだが、ちょっとしたストーリー解釈《かいしゃく》の違《ちが》いであったり、キャラクターの性格・台詞《せりふ》の違《ちが》いであったり、重要エピソードのカットであったり――そういったものが積み重なって、結果『原作とは別物』になっている。原作ファンからの評判もすこぶる悪い。

まぁ、メディアミックスではよくある現象なのだが。

原作者なんだから、自分の作品が基《もと》になっていることくらい気づけよと思う。

……………いや、原作者だからこそ、ちょっと別物になっただけで、自分の作品だとは認《にん》識《しき》できなくなってしまう――のかもしれない。

『原作とは別物』――原作レイプをぶちかまされた連中が、強がりで言っているわけではなく。

本当に、わからなかったのだ、この人は。

〝え？　コレ？　どこが？〟――みたいな。

……だとしたら、このあと、どうなるんだ？

自分の著作が『別物』になったことを、ここで初めて知ったムラマサ先輩《せんぱい》は――どんな反応をするのだろう？　……怖《こわ》いな。

俺《おれ》は、冷《ひ》や汗《あせ》をかいて、先輩《せんぱい》の顔を見た。

彼女《かのじょ》は、きょとんと首をかしげて言った。

「ふぅん、そういうものか」

うわぁ……すっげー、どうでもよさそう。

「しかし――〝幻刀《げんとう》〟のアニメって、いま放映中だったんだな？」

「もう終わってるから。これ、録画だから」

はぁ、と、俺《おれ》は溜息《ためいき》を吐《つ》く。

この人のファンが聞いたら、盛大《せいだい》にずっこけてしまいそうだ。

千寿《せんじゅ》ムラマサ先輩《せんぱい》は、小説を書くこと以外、ほとんど興味がない人なのである。

夢は『世界で一番面白《おもしろ》い小説を書くこと』。

だから……メディアミックスへの対応が、こうなってしまうのも、無理はない。石ころ同然の原作者なのであった。

そこでアニメのAパートが終わり、『幻刀《げんとう》』メインヒロインの声で、こんなCMが流れた。

『PS4「幻想妖刀伝《げんそうようとうでん》」は、原作者完全監修《かんしゅう》シナリオで好評発売中！　皆《みな》の者、絶対に買うのだ！』

「嘘《うそ》つけぇ！」

俺《おれ》は、大声でテレビにツッコミを入れてしまった。

とまぁ……お聞きのとおり、大物といえば大物だろう？

うむむ……どうも先輩《せんぱい》のイメージが、上がった気がしない。

つーか俺《おれ》、先輩《せんぱい》と会うたびに、大声でツッコんでばかりのような……。いや、違《ちが》うな。そうじゃないときだってあったはずだ！　思い出せ、俺《おれ》……！

そう、あれは、去年の九月。

海合宿のあった夏休みが終わり、めでたく『和泉《いずみ》マサムネの新刊発売日』を迎《むか》えた直後の話
――


その日、先輩《せんぱい》は、エルフと一緒《いっしょ》にエロマンガ先生と会うため、俺《おれ》んちにやってきていた。

ちなみにエルフは、まだ来ていない。

「先輩《せんぱい》、リビングで待っていてくれるか？」

「もちろん、いいとも。ああ、お構いなく。放っておいてくれれば、私はここで、何時間でも小説を書いているから。亜人《あじん》が来たら教えてくれ」

ソファに座《すわ》るや、さっそくノートと鉛筆《えんぴつ》を取り出す先輩《せんぱい》。

ちなみに亜人《あじん》というのは、我《わ》が家《や》のとなりに住む、美少女ラノベ作家・山田《やまだ》エルフ先生のことである。なかなかキツい蔑称《べっしょう》を思いつくものだ。

「客に対して、そういうわけにはいかないよ。――せっかくだから、お喋《しゃべ》りしないか？」

隣《となり》に座《すわ》って、そう提案すると、先輩《せんぱい》はパタンとノートを閉じて、

「愛するマサムネ君がそう言うのなら、是非《ぜひ》もない。君は、世界で唯一《ゆいいつ》、私が執筆《しっぴつ》よりも優先するものなんだ」

「あ、愛す……って」

かぁ、という擬音《ぎおん》が聞こえるかのようだ。きっと俺《おれ》の顔は、ラブコメ漫画《まんが》みたいに赤くなっていることだろう。こんなに思いをストレートに伝えられると、さすがに照れる。

それに……

「あ、あのっ……先輩《せんぱい》」

れ、恋愛《れんあい》小説の台詞《せりふ》かよ！　現実で言われると、恥《は》ずかしすぎる……！

辛《かろ》うじて相手の顔を見ると、その原因を作った先輩《せんぱい》もまた、耳先まで、かぁぁ……と、赤くなっていた。しかも両手で顔を押《お》さえて、プルプルしていた。

「自分で言ってて恥《は》ずかしかったのかよ！」

「じゅ、十秒ほど待ってくれ……」

先輩《せんぱい》はしばし悶《もだ》えたのち、すぅ、はぁ、と深呼吸。しかる後に、キリッとした表情に戻《もど》り、

「さて、どんなお喋《しゃべ》りをしようか、後輩《こうはい》」

「いまさらカッコ付けても遅《おそ》いぞ、先輩《せんぱい》」

さっきの恥《は》じらう姿を、なかったことにしようとしているだろ。

「私たちは小説家なのだし、共通の話題といえば、やはり、創作関連になるのかな」

涼《すず》しい顔でごまかしやがって。

なんとか蒸《む》し返《かえ》してイジってやりたいが、後輩《こうはい》として、先輩《せんぱい》の想《おも》いを汲《く》んでやるべきかもとも思う。迷った末、俺《おれ》はこう切り返した。

「そういえば、先輩《せんぱい》の書いてる『幻刀《げんとう》』で、次の巻あたりでヒロインが死ぬって言ってたけど、その後どうやって展開していくんだ？」

ほんの軽《かる》～いジャブのつもりの質問だったのだ。

なのに――

「次の次の巻で生き返るぞ？」

「そんな大事なネタバレを軽く明かすなよ！」

作者なんだから、もうちょっと読者に気を使った返答をだな！

って、この人に言うだけ無駄《むだ》か……。

想定読者はあくまで自分自身で、他は目に入っていないのだから。

「興が乗った。よし、君になら話してもいいだろう。実は、主人公には、秘められた力が眠《ねむ》っていて――それによって、ヒロインを死からよみがえらせるのだ」

直前にネタバレやめろって言ったの、聞いてなかっただろ！

そうツッコむことができなかったのは、自分の作品の話をする彼女《かのじょ》が、とても楽しそうだったから。俺《おれ》は笑って問い返す。

「秘められた力って、いままで使ってた能力とは別なの？」

「いや、いままで使っていたのは、〝真の力〟の片鱗《へんりん》でしかない。先の話になるが完全覚醒《かくせい》した主人公は、作中でも最強クラスの存在となる予定だ」

「『主人公の覚醒《かくせい》イベント』か——定番だな。何巻くらいでやる予定なんだ？」

「百巻」

「ひゃっかん⁉」

マジで言ってんのかこの人……ラノベで百巻とか、途方《とほう》もない数字だろ。

「ちなみに先輩《せんぱい》……何巻まで続けるつもりなの？」

「二百五十巻までは構想ができている」

「完結まであと六十年くらいかかるな」

初期から追ってる読者が、だいぶ死ぬぞ。俺《おれ》もがんばって長生きしないと。

「最終巻を、孫にプレゼントしたいと思っているんだ」

「そりゃあ——壮大《そうだい》な夢だな」

本気でそう思った。ここまでガチだと、茶化すことさえできない。

ムラマサ先輩《せんぱい》は、くすり、と、かわいらしく笑った。

「ありがとう、君のおかげだ」

「？　どういう意味？」

「ふふ……気にするな。こちらの話だ」

ムラマサ先輩《せんぱい》は、肩《かた》をすくめ、韜晦《とうかい》する。

この話題は終わりね――そういう意図が感じられた。

『幻刀《げんとう》』を、ずっと続けていくつもりなのはわかったけど……もちろん、他の作品も書くんだろう？」

「そのつもりだ。バトル小説だけじゃなくて、いまは、色々なジャンルに挑戦《ちょうせん》してみたいと思っているよ。たとえば――ラブコメとか」

「そういえば、この間、先輩《せんぱい》はラブコメ小説を書いていたよな」

「む……う、うん」

こくんとうなずくムラマサ先輩《せんぱい》。彼女《かのじょ》が動揺《どうよう》しているのは、先輩《せんぱい》が書いたラブコメ小説の内容が、俺《おれ》とムラマサ先輩《せんぱい》をモデルにしたものだったからだ。

百ページ超《ちょう》の恋文《ラブレター》で――彼女《かのじょ》は、俺《おれ》に、愛の告白をしてくれた。

その顚末《てんまつ》は……ここで語ることじゃない。

俺《おれ》は、気恥《きは》ずかしさをこらえて、こう続ける。

「初めてのジャンルを……書いてみて、どうだった？」

「難しいな、恋愛《れんあい》は――だからこそ、とても、やりがいがある」

ムラマサ先輩《せんぱい》は、そう言って笑った。上手くいかなかったことを、楽しんでいるかのように。

「私はね、後輩《こうはい》。いままで恋愛《れんあい》ものを面白《おもしろ》いと思ったことが一度もなかった。漫画《まんが》でも、小説でも、映画でも、アニメでもだ。このジャンルでは、自分の琴線《きんせん》に触《ふ》れる物語と、一作品たりとも出会えなかった」

「…………」

「登場人物の、誰《だれ》にも共感できなかったんだよ。愛だの恋《こい》だの、好きだの嫌《きら》いだの——まったくピンとこないんだ。ちっとも興味が持てない。恋《こい》をしているやつと、感情を共有できなかった。きっと、私には、恋愛《れんあい》ものを楽しむ素養がなかったんだな。だから、恋愛《れんあい》ものなんてつまらないと決めつけて——ラブコメ小説を書くという君に、怒《おこ》ったんだ」

そこで彼女《かのじょ》は、ひとつ息を吐《は》いてから、

「マサムネ君。恋愛《れんあい》って、面白《おもしろ》いな」

直前までと、まるで逆のことを言った。

「好きな人のことを考えるだけで、わくわくする——ドキドキする——その気持ちが、いまの私には……よくわかる」

「……先輩《せんぱい》」

言葉に詰《つ》まってしまったのは、彼女《かのじょ》の笑顔《えがお》が、あまりにも魅力《みりょく》的だったから。

どんな恋愛《れんあい》小説をも超《こ》える破壊《はかい》力だった。

「いまなら、すっごく面白《おもしろ》い恋愛《れんあい》小説が書けそうだっ。……いつか、また、読んでくれるだろうか？」

「……うん、ちゃんと、読むよ」

心をこめて、返事をする。

きっと、彼女《かのじょ》が新たに綴《つづ》る恋愛《れんあい》小説は、とんでもない最高傑作《けっさく》になるだろうから。

＊

『休日一日目』の夜。俺《おれ》は、湯船の中でひとりごちる。

「……まさか、あのムラマサ先輩《せんぱい》と同じ家で暮らすことになるなんてな」

あの人と出会う前、宿敵として恨《うら》んでいた頃《ころ》からしたら、とても考えられない状況《じょうきょう》だ。

デビュー当時の俺《おれ》に、千寿《せんじゅ》ムラマサに告白されて一緒《いっしょ》に暮らすことになるよ——なんて言っても、なにをバカなことをと笑われてしまうだろう。

「ふぅ……」

湯船の中で足を伸《の》ばし、ゆっくりと息を吐《は》く。

「……本屋行って、……ラノベ読んで……ムラマサ先輩《せんぱい》の作ってくれた昼飯食べて……家事全部やってもらって」

――今日は、なんだかんだで色々あったけど、昨日までと比べたら、ずいぶん休めたよな。

「明日はどうすっか」

明後日《あさって》からはまた仕事だ。なら、いっそ一日中寝《ね》て過ごすのもいいかもしれない。

昔、親父《おやじ》が休みになると一日中寝《ね》ているのを見て、子供心に『せっかくの休日なのに、寝《ね》て退屈《たいくつ》じゃないのかな？』って不思議に思ったものだけれど……

あれ、がんばって仕事をするために――『全力で休んで』いたんだな。

やっとわかった。

ぬるめのお湯につかったまま、目をつむって、頭の中で数をかぞえる。

「さて、そろそろ出るかな」

ザバッと湯船から立ち上がった瞬間《しゅんかん》――

ガラッ！

「――――は？」

「――――へ？」

ムラマサ先輩《せんぱい》が入ってきた。

幸いというべきか、あいにくというべきか……湯気で隠《かく》れてほとんど見えないが……

一糸まとわぬ姿でだ。

俺《おれ》は――そしてムラマサ先輩《せんぱい》も――突如《とつじょ》発生した異常事態に硬直《こうちょく》した。

「……………………………」

「……………………………………」

はだかのまま、見つめ合う俺《おれ》たち。

やがて俺《おれ》たちはともに、調子悪いときのPCみたいな重い挙動で、ギギギと視線を動かしていく。

俺《おれ》の視線は、ムラマサ先輩《せんぱい》の、顔から下へと。

彼女《かのじょ》もまた、俺《おれ》の視線をなぞるように、己《おのれ》の視線を自分の裸体《らたい》へと落としていく……

そこでようやく状況《じょうきょう》を認識《にんしき》し、

「……ひゃ」

小さな悲鳴から、

「～～～～～～～～～～～～～～～～～～～～～～～～～～～～～～っ!!」

声にならない絶叫《ぜっきょう》。顔は熱湯に浸《つ》かったみたいに真っ赤っかだ。

彼女《かのじょ》は、白いタオルでたわわな胸を隠《かく》すや、泣きそうな顔で言う。

「にゃ……んでっ……君が……！　いまは、女子風呂《ぶろ》の時間だろう……？」

「お、おおお！　俺《おれ》が休みの二日間は、男風呂《ぶろ》が先でいいってエルフが――!?」

「き、聞いてないもん！　み、見るなあぁぁぁ！」

ピシャ！　と、扉《とびら》を締《し》めて、ドタドタとその場から逃《に》げ去ってしまう。

俺《おれ》はその一部始終を、ぽかんと口を開けて見送る他なかった。

「……なんだったんだ、いまの……」

ようやく正気に立ち返って、まず思ったのが、

――も、もっとよく見ておけばよかった！

だったのが我ながら最低だが、高校生男子だから仕方ないんだよ！

「あー……一瞬《いっしゅん》でのぼせた気がする」

力なくぼやく。

いまのトンデモイベントで、酩酊《めいてい》したようにへろへろだ。

ラノベじゃよくあるサービスシーンだが、現実で発生するとシャレになっていない。

風呂《ふろ》から上がったあと、ムラマサ先輩《せんぱい》とどんな顔して話せばいいんだよ。

満身創痍《そうい》の俺《おれ》であったが、なんと試練はまだ終わっちゃいなかった。

からからと、再び扉《とびら》が開く音がして、

「……ま、マサムネ君……背中を流しにきたぞ」

再びムラマサ先輩《せんぱい》が姿を現したのだ。

「ちょ！　な、なな、なんで戻《もど》ってきてるんだ！」

バスタオルを巻いただけのムラマサ先輩《せんぱい》は、依然《いぜん》として半泣きのまま、無駄《むだ》にかっこいい見《み》栄《え》を切る。

「い、一度は背を向けたがっ……紗霧《さぎり》との戦いが敗色濃厚《のうこう》であるいまッ！　覚悟《かくご》を決めて舞《ま》い戻《もど》ったのだ！」

「風呂《ふろ》場を戦場みたいに言うな！」

「私にとっては同じこと！　……ここからが本番だっ！」

「マジで出て行って！　もしくはもっと気合入れて身体を隠《かく》して！」

バスタオルがいまにもはだけそうで……ああもう！

一般《いっぱん》家庭の風呂《ふろ》場じゃ、萌《も》えアニメの湯気ほど仕事してくれないんだぞ！

「いまさら逃《に》げられるものか！　覚悟《かくご》するがいい！」

背中を流される覚悟《かくご》を決めろと半裸《はんら》で迫《せま》って来る、正気を失った~~おっぱい~~ムラマサ先輩《せんぱい》。

「――――」

ひたすら目をつむって耐《た》える俺《おれ》。

もちろんこんな大騒《おおさわ》ぎをすれば、同居人たちが黙《だま》っているはずもなく。

「マサムネ！　いったい何事よ！」

エルフ&紗霧《さぎり》（タブレット）が風呂場《ふろば》に飛《と》び込《こ》んでくる。

「む、ムラマサちゃん!?　なにやってんの!?」

「見てのとおりだ！　皆《みな》の者！　私は、マサムネ君と一緒《いっしょ》に入浴したぞ！」

うおおお！　と、風呂《ふろ》場で勝ちどきを上げるムラマサ先輩《せんぱい》。

「そして私はついに――！　マサムネ君のハダカを見たぞぉおぉお！」

この人やっぱ、ラブコメとバトルの違《ちが》いがわかってねえ！

「は！　今更遅《いまさらおそ》いわムラマサ！」

そして、そんなライバルの勢いに、喜び勇んで便乗するヤツがまたひとり――

エルフだ。彼女《かのじょ》は、さながら王者《チャンピオン》のリング入場のごとく、バッと上着を脱《ぬ》ぎ去って、

「このわたしはすでに――マサムネと寝《ね》たわ！」

こいつはまた！　わざと誤解を呼ぶ言い回しを！

「にゃ！　んだとぉ～～～～！　どういうことだ！　マサムネ君！」

「いいから服を着てくれ！　今日は俺《おれ》の休日だったんじゃねーのかよ！」

もう何もかもがぐちゃめちゃだった。

胸を張って脱衣《だつい》所に屹立《きつりつ》する上半身下着姿のエルフと、
そんな露出狂《ろしゅつきょう》に、半裸で摑《つか》みかかるムラマサ先輩《せんぱい》。

そして、

「もぉぉ〜〜〜〜〜〜〜!!　いい加減に……っ！　しろぉぉぉ――――!!」

ドンドンドンドン！　と、張《は》り裂《さ》けんばかりに鳴《な》り響《ひび》く床《ゆか》ドンの音。

収拾の付かない大騒動《だいそうどう》の中。

「ああああぁ！　もう同棲《どうせい》はこりごりだよぉぉぉぉー！」

懐古《かいこ》ギャグアニメみたいなオチ台詞《ぜりふ》を叫《さけ》んでみても。

もちろん舞台《ぶたい》の幕が下りたりはせず、無情な現実が続くのみであった。

第三章

和泉紗霧《いずみさぎり》／十三歳《さい》／引きこもり。
私は、ライトノベルの挿絵《さしえ》を描《か》いているイラストレーターだ。
島の名前を由来としたペンネームを使っていて……
エロマンガ先生、などと呼ばれている。
私には和泉正宗《いずみまさむね》という義理の兄がいて、数年前から、二人暮らしをしていた。
いまは諸事情あって、同じ部屋で暮らしている。
そんな私たち、和泉紗霧《いずみさぎり》と和泉正宗《いずみまさむね》は、兄妹じゃない。
『血の繋《つな》がっていない義理の兄妹《きょうだい》』という意味じゃなく。
私は、正宗《まさむね》のことを兄だと思ったことなんて、いちどもないのだ。
めんどうくさい私のわがままに、いつもイヤな顔ひとつせず付き合ってくれて。
好《す》き嫌《きら》いだらけの私にも食べられるごはんを、毎日毎日作ってくれて。
引きこもりになった私を、いつだって優《やさ》しく見守ってくれている――――兄さん。
でも、あのひとの妹になんて、ぜったいなりたくない。
『兄さん』なんて、呼びたくない。
一緒《いっしょ》にいるとき、『兄妹《きょうだい》』だなんて、見られたくない。
……私は、こころの底から、そう思っている。
初めて会う『その前』から、ずっと、そう想《おも》っている。

ただ……

──ちょっとだけ、妹のふりをしてあげる。

そう約束しちゃったから。

あのひとが、そう望んだから。

しょうがないから…………いやいやしぶしぶ……兄さん、と、呼んであげているだけ。

ほんとうに……それだけなんだから……。

私のことを好きだと言ってくれる──兄さん。

私のことを誰《だれ》よりも大切にしてくれる──兄さん。

私と家族になりたい、本当の兄妹《きょうだい》になりたい──そう望んでいる、兄さん。

そんな彼《かれ》のことを、私は、こころの中だけで…………

正宗《まさむね》、と、呼んでいる。


『正宗《まさむね》の休日』二日目の朝。

エルフちゃんの作ったごはんを（もちろんこの部屋で）食べた私は、ベッドに寝《ね》そべりイラストを描《か》いていた。

「ん～♪　ん～ん～♪」

絵を描《か》くのは大好きだ。特に、かわいくてえっちな女の子のイラストなら、なおさら。

自然と鼻歌まじりになってしまう。

他のイラストレーターさんも、きっとそうだろうと思う。

まぁ、いま描《か》いてるのは、女の子のイラストじゃないんだけど──

「ふふ」

えっちな女の子と同じくらい、好きなキャラだ。

タブレットをいったん置き、筆休めがてら、ちら、と、ベッドのわきを見る。

そこでは正宗《まさむね》が、布団《ふとん》を敷《し》いて眠《ねむ》っている。

一度起きて朝ごはんを食べたあと、ここに戻《もど》ってきて二度寝《ね》中なのだ。

昨日は一度起きたら寝《ね》られないと焦《あせ》っていたのに……ようやく二度寝《ね》のこつを掴《つか》んできたらしい。とはいえ、明日からはまた仕事に戻《もど》らなきゃいけなくて、二度寝《ね》の機会なんて当分なさそうだから、ちょっぴりかわいそうな気もする。

私は、微笑《ほほえ》ましい気持ちで、その寝顔《ねがお》を見つめる。

「ゆっくり休んでね」

「ああ、そうさせてもらうよ」

眠《ねむ》っているはずの正宗《まさむね》から、返事があった。

「！　兄さん？　……起こしちゃった？」

私が問うと、彼《かれ》は、うっすらと眠《ねむ》そうな眼《め》を開けて、

「いや、元から眠《ねむ》っちゃいなかったよ。――絵、描《か》いてたのか」

「……あれ？　なんでわかったの……？」

そこで寝《ね》てたら、私がベッドの上でなにをやっているか、なんて見えないのに。

「おまえ、絵を描《か》いているときさ」

正宗《まさむね》は、嬉《うれ》しそうに言った。

「調子いいと、段々機嫌《きげん》がよくなってきて……最終的に歌うじゃん」

「な、なんでそれを」

「前から知ってたよ。いまも歌ってたろ。だから、好きなキャラを描《か》いてんのかなって」

「……うう」

恥《は》ずかしい。顔が熱くなってくる。

……私の絵を描《か》くときのくせ……いつの間に知られていたんだろう……。

「紗霧《さぎり》。仕事の絵は、昨日で一区切りついたんじゃなかったっけ？」

「……お仕事の絵じゃないもん」

すねたような口調になってしまった。

ほんとは……もうちょっと愛想《あいそ》よくお喋《しゃべ》りしたいのに。

「てことは……趣味《しゅみ》のって、ことか」

「……そんなとこ」

「なにを描《か》いてたんだ?」

「……しりたい?」

「ああ、知りたい。俺《おれ》に見せてくれよ」

「……どうしよう、かな」

こんななんでもない会話が、とても安らぐ。

同じ部屋に自分以外の人がいるのに、こんな気持ちになれるなんて。

やっぱり正宗《まさむね》は、ふしぎなひとだ。

……っと、いけない。ついついもったいぶってしまったけれど、私が描《か》いていたこのイラストを、正宗《まさむね》に見せるわけにはいかないんだった。

何故《なぜ》ならこのキャラは――私が彼《かれ》に言わないでいた『秘密』そのものだから。

「兄さん、私とお話ししてて……いいの? お休みなのに……寝《ね》てなくていいの?」

ごまかすために、そんな台詞《せりふ》を言ってみたら、

「もちろんだ。ここ数日、同じ部屋で暮らしてるのに、忙《いそが》しくって仕事の話ばっかだったろ。

――いい機会だ。ゆっくりお喋《しゃべ》りしようぜ」

いい機会、か。

そのフレーズが、妙《みょう》に耳に残る。

　——たしかに、いい機会、かもしれない。

　描《か》きかけのイラストを見て、思う。

　正宗《まさむね》の言うとおりだ。

　私と彼《かれ》は、ひとつ屋根の下——どころか、いまや同じ部屋で暮らしているけれども。

　私たちは、お互《たが》いのことをあまりにも知らなさすぎる。

「……んしょ」

　私はベッドを下りて、彼《かれ》が横たわっているすぐ隣《となり》に、ころんと寝《ね》そべる。

　すると正宗《まさむね》が、見るからに動揺《どうよう》したのがわかった。

「お、おい」

　私だって、すっっっごく恥《は》ずかしい！

『兄でもない異性』がすぐそばで寝《ね》ていたら——気絶しそうなくらい、その……ドキドキする。

　私は自分の気持ちを裏に隠《かく》して、正宗《まさむね》の動揺《どうよう》にも気付かないふりをして、言う。

「私と……お喋《しゃべ》り、するんでしょ？」

「そ、そうだけどっ」

「変な兄さん」

　私は、くすくすと笑う。

魔性《ましょう》の女・紗霧《さぎり》と呼んで欲《ほ》しい。

「……あのね……お喋《しゃべ》りの前に、兄さんに言っておくことがあるの」

私は、ふっと真顔に戻《もど》る。

「お仕事の邪魔《じゃま》して、ごめんね？」

「！」

「……私が『無茶しないで』って止めたせいで、兄さんがたくさん悩《なや》んでたの……わかってた」

『私』という引きこもりが、彼《かれ》の大きな負担になっているくせに、無茶をするなとか、どの口で言うのかって思うけれど。

それでも、言わずにはいられなかった。止めずにはいられなかった。

人は、すぐにいなくなってしまうから。

私の言葉を受け止めた正宗《まさむね》は、小さく首を横に振《ふ》る。

「――いや、謝《あやま》らないでくれ。アニメ化が決まって、色んなメディアミックスの企画《きかく》が立ち上がって――俺《おれ》も舞《ま》い上《あ》がってた。仕事をやればやっただけ成果が出るのが楽しすぎて、色んなものが見えなくなってた。紗霧《さぎり》や、みんなが止めてくれなかったら……きっと俺《おれ》、『夢のため』ってのを言い訳にして、どんどんスケジュールを詰《つ》め込《こ》んで、パンクしてたと思う」

「…………………」

パンクしかけたのは、妹という足手まといがいたせいだ――とは、彼《かれ》は絶対に口にしない。

そもそも、そんな発想すらないのだろう。

代わりに彼《かれ》が口にするのは、こんな台詞《せりふ》。

「俺《おれ》の身体を気遣《きづか》ってくれて、ありがとな」

「……ちらこそ」

まともに顔が見られない。

無理しないでくれて、ありがとう。

いつもありがとう。

夢をくれて、ありがとう。

感謝の気持ちは、ぼそぼそとした小声にしかならなくて。

言葉にしなくちゃ、伝わりはしないのに。

「紗霧《さぎり》？」

うつむく私に、いぶかった正宗《まさむね》が声をかけてくる。

「兄さんは……私と、家族になりたいんだよね？」

「ああ。俺《おれ》は、紗霧《さぎり》と家族になりたい。本当の——兄妹《きょうだい》になりたい」

「そっか、じゃあ」

私は、そんなものになりたくない。

「私たちが、ちゃんと家族になるために」

だから、笑顔《えがお》で嘘《うそ》を吐《つ》いた。

「ふたりでお喋《しゃべ》りしよう……？　……昔の話」

「昔の話？」

「そう。私と兄さんが……出会う前の話。私と兄さんが一緒《いっしょ》に暮らすようになって——それから、お互《たが》いのこと、たくさん知ってきたよね」

「ああ、そうだな。紗霧《さぎり》が、肉あんまり食べないこととか、鼻歌まじりに絵を描《か》くこととか」

「兄さんが、変なお菓子《かし》ばっかり買ってくる謎《なぞ》感性の持ち主なとことか、正体が、和泉《いずみ》マサムネ先生だったこととか」

「エロマンガ先生の正体がおまえだったりな」

「そんな名前のひとはしらないっ！」

すぐそうやって茶化すんだから！

「とにかく」

私は話を戻《もど》す。

「私は、兄さんのこと、たくさん知ってる」

「俺《おれ》も、紗霧《さぎり》のこと、たくさん知ってるぞ」

「でも——」

「そういや、会う前のことは、ぜんぜん知らないよな」

「…………………うん」

私の方は、そうでもないけどね。

でも、知らないことだらけなのは、たしか。

「兄さんの昔の話、私に聞かせて」

「いいよ。その代わり、昔の紗霧《さぎり》のこと、俺《おれ》に聞かせてくれ」

「……うん、わかった」

私たちはお互《たが》いに了承《りょうしょう》し合い、そして、

「俺《おれ》たちが、本当の兄妹《きょうだい》になるために」

私たちが、そんなものにならないように。

「昔話を始めよう」

＊

さて、『紗霧《さぎり》と会う前の話』ねぇ、なにを話したもんだかな……

「そういえば……兄さんは、初めて小説を書いたときのこと……覚えてる？」

「もちろん。よーく覚えてるぜ。小説にハマった大きな『きっかけ』があったからな」

「『きっかけ』……じゃあ、その話、して？」

「オーケイ。それじゃあ……『俺《おれ》がネット小説と出会うまでの話』から始めなきゃな。ちっと長いし暗いけど……我慢《がまん》して聞いてくれ」


あれは六年くらい前、俺《おれ》が小学五年生だった頃《ころ》。

当時は、お袋《ふくろ》が亡《な》くなったばかりで、家ん中、すげー暗くてさ。

親父《おやじ》は仕事でほとんど家にいなかったから、俺《おれ》はいわゆる鍵《かぎ》っ子《こ》ってやつだった。

「ただいまー」

学校が終わって、家に帰って、玄関《げんかん》を開けると……いつも、真っ暗な廊下《ろうか》だけが出迎《でむか》えてくれる。いまだから笑って話せるけど……実際これは、キツかった。

もう『おかえりなさい』と出迎《でむか》えてくれるお母さんはいないんだ。僕《ぼく》はこの家に一人なんだって、再確認《かくにん》するみたいで。

心に、ぐさっ、とくる。

いまもそうだ。玄関《げんかん》の鍵《かぎ》を開けて、ノブを回すのが、怖《こわ》い。

その日の俺《おれ》は、さっさと部屋で宿題を片付けたあと、薄暗《うすぐら》いリビングで、椅子《いす》に座《すわ》って、一人悩《なや》んでいた。

どうしたもんかな……ってさ。

いまの状況《じょうきょう》が悪いのはわかってるんだけど、どうしたらよくなるのか——

これがまったくわからない。

——僕《ぼく》はどうするべきなのだろう？　——何をすべきなんだろう？

そんな思考が、頭ん中でぐるぐる回ってた。

たった数か月で立ち直れていたわけもないのだが、当時の俺《おれ》は、『お母さんがいなくなって哀《かな》しい』という気持ちを、自覚できていなかったと思う。

当時の俺《おれ》の関心は、お袋《ふくろ》ではなく、自分でもなく、『まだ生きている家族』に向けられていたからだ。

——まずそっちをなんとかしなくちゃ。あぁ、どうしたもんかな——って。

悩《なや》み続けても、答えは出ない。

そりゃそうだ。自分でも何に悩《なや》んでるのか、どうしたいのか、いまいちボンヤリしてるんだからな。算数とおんなじだ。式が読めなきゃ解も出ない。

「……お腹《なか》減ったな」

学校帰りにコンビニで買ってきたカップ麺《めん》に、お湯を注ぐ。

お袋《ふくろ》が出演している料理番組のビデオを流しながらだ。

テレビでは、料理研究家だった生前のお袋《ふくろ》が、イキイキとレシピ解説をしている。

俺《おれ》は、味気ない麺《めん》をすすりながら、我《わ》が家《や》のキッチンを見やる。

――できたーっ！　正宗《まさむね》！　味見して！


そんな明るい声が、いまにも聞こえてきそうだった。

あの豪華《ごうか》な多機能キッチンを使いこなせる人は、もうこの家にはいない。

「……ごちそうさまでした」

誰《だれ》もいない食卓《しょくたく》で、手を合わせる。

そのとき、玄関《げんかん》の方で、がちゃという鍵《かぎ》が回る音がした。

――帰ってきた！　今日は早い！

俺《おれ》は急いで立ち上がり、目を輝《かがや》かせて玄関《げんかん》へと向かう。

俺《おれ》に残された唯一《ゆいいつ》の家族を出迎《でむか》えるために。

「お父さ……！」

廊下《ろうか》に飛び出した俺《おれ》の顔は、一瞬《いっしゅん》にして曇《くも》ったことだろう。

そこにいたのは、仕事を終えて早く帰ってきてくれた『お父さん』ではなく。

「京香《きょうか》、叔母《おば》さん」

俺《おれ》がずっと苦手だった、若く美しい叔母《おば》。

冷たくおそろしい――『氷の女王』。

「どうして、ここに？」

「正宗《まさむね》くんが、ひとりでしっかり留守番しているかどうか、監視《かんし》しにきました」

和泉京香《いずみきょうか》さんだった。


――か、監視《かんし》ってなんだろう？

京香《きょうか》さんの意図を掴《つか》めぬまま、俺《おれ》は、彼女《かのじょ》とともにリビングへと戻《もど》る。

そこでまずいことに気付いた。

――あ、やば、お母さんのビデオつけっぱだ。

京香《きょうか》さんは、俺《おれ》のお袋《ふくろ》とめちゃくちゃ仲が悪かったので、お袋《ふくろ》の出演してる番組なんか見たら、怒《おこ》られると思ったのだ。

俺《おれ》は、慌《あわ》ててテレビを消す。

もちろんその一連の動作は、京香《きょうか》さんに目撃《もくげき》されているので手遅《ておく》れだ。

「……正宗《まさむね》くん、いまの……」

「あ……その……えっと……」

気まずい雰囲気《ふんいき》が、リビングに満ちた。

うまい言葉を探せず固まっていると、京香《きょうか》さんは興味を失ったかのように俺《おれ》から視線を外し、リビングを見回した。

彼女《かのじょ》の冷たい眼差《まなざ》しが、カップ麺《めん》で止まる。

「ああ、もう、兄さんたら、また正宗《まさむね》くんにインスタント食品ばかり食べさせて……忙《いそが》しいとはいえ、本当に仕方のない男ですね……」

当時の俺《おれ》は、この人に親のことを悪しざまに言われるのが、イヤで仕方なかった。

勇気を振《ふ》り絞《しぼ》って反論した。背伸《せの》びをして、怖《こわ》い顔をにらみ付《つ》けて、

「……お父さんの悪口、言わないでください」

「ふん、言い足りないくらいです。まったく……あの人は、昔からズボラで、いい加減で……ほら、子供と暮らしているというのに、部屋だってこんなに散らかっているじゃ——」

京香《きょうか》さんは、手を大きく広げて、親父《おやじ》の手抜《てぬ》かりを示さんとする。

しかし彼女《かのじょ》の言動とは裏腹に、この部屋の掃除《そうじ》は、隅々《すみずみ》まで行き届いている。

「あれ、おかしいですね……綺麗《きれい》に片付いているようですが」

「……そのくらいなら、僕《ぼく》だってできますしっ」

俺《おれ》は、むきになって言い放つ。すると京香《きょうか》さんは、何故《なぜ》か呆然《ぼうぜん》とした様子で、

「……貴方《あなた》が、家の掃除《そうじ》を？」

「お、お父さん大変そうだから……僕《ぼく》ができることは……やらなくちゃ……って」

うつむいて、返事をする。

……薄情《はくじょう》な俺《おれ》なんかよりも、親父《おやじ》の方がずっと——お袋《ふくろ》の死を哀《かな》しんでいた。

数か月経《た》ったいまでこそ、辛《かろ》うじて普通《ふつう》に生活できているが——当時の有様《ありさま》は、ひどかった。

父親の様子を側で見ていた俺《おれ》が、『自分が哀《かな》しんでいる場合じゃない』と思《おも》い詰《つ》める程度には。

本当に——どうしたものか、だ。

正直なところ、どうにもならないだろう、こんなの。

家の掃除《そうじ》なんかしたところで、『お母さん』の真似事《まねごと》をしてみたところで、『お父さん』の心の傷を癒《い》やすことなんかできない。

それでも、なにもせずにはいられなかった。こんなの意味ないとわかっちゃいてもだ。

無力な自分が、口惜《くちお》しくて。俺《おれ》は自然と、唇《くちびる》を噛《か》む。

京香《きょうか》さんは、振《ふ》り絞《しぼ》るようにおそろしい声を出す。

「……貴方《あなた》は、そんな余計なことを考えなくていいんですよ」

「ご、ごめんなさい」

「謝《あやま》れなんて言っていませんけれど？」

彼女《かのじょ》が、俺《おれ》の言動にとてもイラついているのがわかった。

なんでだろうと不思議に思ったが、それ以上、深く考えることはなかった。

俺《おれ》は、自分の家族のことで頭がいっぱいだったからだ。

『他人』が怒《おこ》ってる理由なんて——どうでもいいとまでは言わないけれど、優先順位は低かった。『現在《いま》の俺《おれ》』なら、京香《きょうか》さんが、凄《すさ》まじく不器用なやり方で、甥《おい》をなんとかしなくては——と必死になってくれているのだと察することができたのだろう。

でも、当時の俺《おれ》には無理だった。

泣きそうになりながら、俺《おれ》の家族を助けてくれと、希《こいねが》うことしかできなかった。

「お父さんは……お母さんのことが、とても好きだったんです」

「知ってます」

あまりにも早い、即答《そくとう》。

「すごく辛《つら》いと思うんです。助けてあげたくて、でも、僕《ぼく》はお母さんの代わりにはなれなくて…………だから、せめて、できることを」

「正宗《まさむね》くん」

うつむいて語る俺《おれ》に、無情な口調で、問いが落ちてくる。

「じゃあ、貴方《あなた》のことは、誰《だれ》が助けてくれるんです？」

「……わかんないよ。そんなの」

ぐす、と、鼻が鳴った。

どうにもこの台詞《せりふ》は、当時の俺《おれ》にとって急所を突《つ》く一言だったらしい。

ぽろぽろと涙《なみだ》が零《こぼ》れた。

なんでそんなことを言うのかと、僕《ぼく》のことなんかどうでもいいからお父さんを助けてくれと

──脳裏《のうり》を占《し》めていたのはそんな、京香《きようか》さんへの罵倒《ばとう》ばかり。

自覚してなかった哀《かな》しい気持ちが、あふれ出てきた──『現在《いま》の俺《おれ》』なら、そんなふうに解《かい》釈《しやく》できる。

「……っ……っ……」

俯《うつむ》いて泣く、俺《おれ》の頭に、かすかに──柔《やわ》らかい『何か』が触《ふ》れる。

その正体を確認《かくにん》する前に、がちゃ、と扉《とびら》が開く音がして、

「ただいま！」

「ひゃわぁぁっ⁉」

京香《きようか》さんの悲鳴。

顔を上げた俺《おれ》が見たのは、たったいま帰宅した親父《おやじ》の姿と、むちゃくちゃ慌《あわ》てて手を、ひっこめる京香《きようか》さんの姿だ。

「に、兄さん！」

親父《おやじ》は、こちらに近付いてきて、京香《きようか》さんに向かって親しげに話しかけた。

「おいおい、正宗《まさむね》に何してるんだ？」

「な、ななな、何もしてませんっ！　まだ！」

京香《きようか》さんは、親父《おやじ》──兄と対面すると途端《とたん》にこうなる。

落ち着きをなくし、感情が暴走し──ちょっとしたことで怒鳴《どな》ったり、真っ赤になったり。

普段《ふだん》の冷たい印象とは、がらりと変わってしまうのだった。

親父《おやじ》は、涙《なみだ》を零《こぼ》す俺《おれ》を見て、京香《きょうか》さんを非難する。

「泣かすなよ」

「泣かせてません！　ただ……」

「ただ？」

「いえ、なんでも……」

唇《くちびる》を愛らしく尖《とが》らせた京香《きょうか》さんは、俺《おれ》と親父《おやじ》を見比べて、意味深に呟《つぶや》く。

「兄さんは、何年経《た》ってもバカのままですね」

「そういうおまえは、何年経《た》ってもキツいよな」

「なぁっ！」

かぁっ！　と、瞬間湯沸《しゅんかんゆわ》かし器《き》のように赤くなる京香《きょうか》さん。

そんな妹をよそに、親父《おやじ》は俺《おれ》の真ん前で、おもむろにしゃがむ。

息子《むすこ》と目を合わせ、優《やさ》しく言った。

「正宗《まさむね》。──さみしいか？」

「僕《ぼく》……」

なに言ってんだ、って思った。

さみしいのは、僕《ぼく》じゃなくて、お父さんの方だろう、と。

だから俺《おれ》は、そでで涙《なみだ》を強く拭《ぬぐ》い、こう言ってやった。

「さみしくない！　俺は、大丈夫《だいじょうぶ》！」

「そうか」

「でも、わからないんだ。家族のために、何をしたらいいか」

どうしていいかわからない。何がしたいのかもよくわからない。

ただ――なんとかしなきゃ、お父さんを助けなきゃ、という使命感だけが、胸の裡《うち》でくすぶっている。

親父《おやじ》はそんな俺《おれ》を見て、何事かを考《かんが》え込《こ》んでいるようだった。やがて言う。

「親を喜ばせるのなんて、簡単だ」

に、と笑《え》んで、俺《おれ》の頭に手を置く。

「おまえが笑って、楽しく暮らしてりゃあ、それだけでいい。おまえが幸せなら、俺《おれ》たちも幸せだ。家族なんだからな」

「お母さんも？」

「ああ」

力強く、頷《うなず》く。

ややあってから、俺《おれ》も、同じように頷《うなず》き返す。

「わかった」

場面は再び『開かずの間』へと戻《もど》る。

俺《おれ》のすぐ隣《となり》に横たわる紗霧《さぎり》は、くすくすと笑う。

「その納得《なっとく》の仕方……すっごく兄さんっぽい」

「そ、そうか？　そうかな……」

「だって展開が読めるもん。きっと兄さんのお父さんは、肩《かた》の力を抜《ぬ》いて、楽になって欲《ほ》しくて言ったのに……そういう方向には行かなかったんでしょ？」

「う……む……ま、まぁ……そうだよ」

幼い俺《おれ》は、親父《おやじ》が示してくれた『目標』に向かって、努力を始めてしまった。

「よおし、そんじゃあ、一生懸命《いっしょうけんめい》『笑って楽しく暮らさなくちゃな』──って、さ」

「ふふ……思ったとおり」

したり顔で笑う紗霧《さぎり》。俺《おれ》は頷《うなず》き、こう続ける。

「まずは好きなこと探さなきゃって、色々やった。サッカーとか、野球とか、ゲームとか、映画とか。どれも面白《おもしろ》かったけど、夢中にはなれなかったな」

くそ真面目に、『趣味《しゅみ》　見つけ方』『幸福　人生』とか、ブラウザで検索《けんさく》しまくってたのを思い出す。

「そんなとき、ネットで小説を書いている人たちを見つけたんだ。で、なんか楽しそうだったから、自分で書いてみたんだよ。これだったらもしかしてって……そしたら――」

「ハマった？」

「うん！　めちゃくちゃ楽しくてさ！」

紗霧《さぎり》は俺《おれ》の話を、微笑《ほほえ》ましそうに聞いている。

まるで妹じゃなくて、お姉さんになったみたいに。

「ふぅん……そうなんだ」

「さっきも言ったけど……俺《おれ》が小説を書くことにハマったのには、大きな『きっかけ』が、あったんだ。ネット小説と出会った、そのすぐあとにな」

「へぇ……『きっかけ』」

あまりにも嬉《うれ》しそうにニヤニヤしているものだから、俺《おれ》は唇《くちびる》をすぼめて問うた。

「なんだよ？」

「ふふーん、なんでもない」

「あっそ。ちなみに紗霧《さぎり》は、その頃《ころ》なにやってたんだ？」

「とうこうきょひ」

首がガクッとなってしまった。

＊

そう。正宗《まさむね》がネット小説と出会った頃《ころ》——

当時、小学二年生だった私、和泉紗霧《いずみさぎり》は、学校に行っていなかった。

理由を端的《たんてき》に説明すると——

私のお母さんとお父さんが離婚《りこん》してしまったことが、ショックだったからだ。

お母さんに引き取られ、都内のマンションで二人暮らしをしていた私は、その日の朝も、布《ふ》団《とん》を頭からかぶり、ふて腐《くさ》れていた。

とんとん、とノックの音がして、

「紗霧《さぎり》ー、ごはんよー」

無視していると、そっと扉《とびら》が開く気配。

ばさぁっ、と布団《ふとん》が引きはがされ、防御《ぼうぎょ》態勢を崩《くず》される。

私はたまらず、「ああん！」と悲鳴を上げる。するとお母さんはあきれたように、

「学校、遅《おく》れちゃうぞ？」

「……やすむ」

お母さんは、リモコンで部屋の灯《あか》りを点《つ》ける。

「クラスで、やなことあった？」

「ない」

「じゃあ、どうしたの？」

問われた私は、布団《ふとん》の中で眺《なが》めていたスマホを、お母さんに向けて突《つ》き出《だ》した。

スマホの画面には、とある画像が映っている。

私と、お母さんと、お父さん。三人が揃《そろ》った家族写真だ。

それを見たお母さんは、「ウッ」と、変顔でうめいた。

「そ、その写真は……」

「学校行って、帰ってきたら…………パパは私のこと、嫌《きら》いになってた」

「ウウッ」

両目を×《バッテン》にして、痛恨《つうこん》のダメージを受けるお母さん。

ちなみに私は、小四くらいまで、両親のことを、パパ、ママ、と呼んでいた。

「……だから、学校行くの、怖《こわ》い。学校に行ったら、今度はママが――」

私のことを嫌《きら》いになるんじゃないか。

当時の私は、そんなおかしな妄想《もうそう》に取り憑《つ》かれていたのだ。

「紗霧《さぎり》！」

お母さんは、両手で「よいしょ」と私を抱《だ》き上《あ》げた。

ぱちくりと瞬《また》きする私に、明るい声を張り上げる。

「ママは！　紗霧《さぎり》のこと大スキよ！」

「……でも」

「それに！　パパが嫌《きら》いになったのは、紗霧《さぎり》じゃなくて、私！　ママが、パパに、嫌《きら》われちゃったの！　大人なのにそういう風になったパパとママが悪いんだから！　紗霧《さぎり》はなんにも悪くないぞ！」

コミカルな口調で、けれど切実に、訴《うった》える。

そんなお母さんに、私はそぼくな疑問を投げかける。

「なんで？」

「ほへっ？」

「なんで……ママは、パパに、嫌《きら》われちゃったの？」

「…………そッ……それはデスね…………」

お母さんは、両目をきつくつむり、思い切りへの字口になって。

トイレを超《ちょう》我慢《がまん》しているみたいに懊悩《おうのう》している。


——言えるわけないでしょぉ〜。

かすかに、そんな声が漏《も》れ聞こえてくる。

娘《むすめ》には言えない『離婚《りこん》理由』を追及《ついきゅう》され、窮地《きゅうち》に陥《おちい》ったお母さんは――

キリ、と凛々《りり》しい顔で言った。

「紗霧《さぎり》が大人になったら教えるわ、必ず！」

「……ぶぅ」

私は、不満げに唇《くちびる》をすぼめる。

「……ごめん、これじゃ学校行くの怖《こわ》いままだよね」

お母さんは、私をベッドに下ろすや、頭をそっとなでてくる。

「……怖《こわ》くなるまで、一緒《いっしょ》にいよっか」

「…………ん」


私の昔話を聞いていた正宗《まさむね》が、一区切りしたところで問うてきた。

「もし言いたくなかったらいいけど……紗霧《さぎり》の両親が離婚《りこん》した理由、結局、なんだったんだ？」

「お母さんが……」

「お母さんが？」

「趣味《しゅみ》でえっちなマンガを描《か》いてるの、お父さんにバレたから」

「Oh……」

すべてを察したように、天をあおぐ正宗《まさむね》。

「そりゃ……幼い娘《むすめ》にゃ言えないよなぁ、そんなしょうもない離婚《りこん》理由」

しょうもないはヒドい。

私もそう思うけど……当人たちにとっては大事《おおごと》だったのだ、きっと。

「お母さんは普段《ふだん》、子供向けゲームのキャラデザとかやってたから。お父さんも、イラストレーターってお仕事に、そういう健全なイメージを持ってたみたい。お母さんも、潔癖《けっぺき》な感じがする一般人《いっぱんじん》のお父さんに、かっこつけて趣味《しゅみ》のこと黙《だま》ってたんだって。『大丈夫《だいじょうぶ》でしょたぶん』って甘《あま》く見《み》てたら『ぜんぜんダメだった』って……しょんぼりしながら言ってた」

「……オタク関係の業界で働いてると、その辺の感覚がマヒしてくるからな。なんとなーく、『この程度のオタ趣味《しゅみ》なら受《う》け容《い》れてくれるかな』って甘《あま》くみちゃう気持ちは、わかる」

「お父さん、普通《ふつう》にドン引きだったみたい」

「紗霧《さぎり》の母さん、なんたって初代エロマンガ先生だもんな」

その辺のにわかオタとはレベルが違《ちが》う、と、うんうん頷《うなず》く正宗《まさむね》。

「え、えっちなペンネームみたいに言わないでっ！」

「紗霧《さぎり》は違《ちが》うんだろうけど、おまえの母さんは絶対、『エロマンガ先生』をえっちなペンネームとして使ってたって。ソースはアルミの過去話」

「ちがうもん！　ただの島の名前だってお母さん言ってたもん！」

「ただの島の名前で、自作のエロ絵をネットにアップしまくるかなあ……？」

薄々勘《うすうすかん》づいてるけど追及《ついきゅう》するのやめて！

「と、ともかく……そんな感じで……お父さんとお母さんが離婚《りこん》したあと……私はしばらく学校に行ってなかったの」

「しばらくってことは、その後、立ち直って学校行くようになったんだ？」

「うん。大きな『きっかけ』が、あって。『小学校は』ちゃんと行ってた」

「……中学校も行こうな？」

優《やさ》しくひかえめなツッコミだった。

「……そのうち」

いつか外に出られるようになりたいというのは、いまの私の偽《いつわ》らざる本心だ。

普通《ふつう》の女の子として、学校に通って……そ、そして……でーと、とかっ……あぅぅ。

私の恥《は》ずかしい妄想《もうそう》を断《た》ち切《き》ったのは、正宗《まさむね》の声。

「なぁ、紗霧《さぎり》……その、『きっかけ』って？」

「えっと……ひみつっ」

「おいおい、そりゃねえだろ。本当の兄妹《きょうだい》になるために、お互《たが》い昔話をしようってことだったろ？」

「先に、兄さんから話して。ネット小説と出会った、そのすぐあとに——兄さんが小説を書くのにハマった『きっかけ』があったんでしょ？」

「先におまえの話からじゃダメなのか？」

「だめ。……昔話とか……恥《は》ずかしいし……兄さんから話してっ」

「俺《おれ》だって恥《は》ずかしいよ！　——わかったわかった、先に話せばいいんだろ？」

*

俺《おれ》は、ネット小説と出会ってから、わりとすぐに『書き手』として活動を始めた。

帰宅部の鍵《かぎ》っ子《こ》だったものだから、暇《ひま》だけは腐《くさ》るほどあったのだ。

六日ほどネット小説を読みまくり——百作品以上は読んだと思うが——『面白《おもしろ》そうだから自分でも書いてみよう』と思い立つ。

『面白《おもしろ》そう』の内訳は主に、

『自分の好きにキャラクターを動かすのが面白《おもしろ》そう』

『自分の好きに物語を作っていくのが面白《おもしろ》そう』

『自分の作ったもので楽しんでもらえたら、面白《おもしろ》そう』

『感想欄《らん》やメールなどの「読者との交流」が面白《おもしろ》そう』

といったものだ。

思い切って正直に言うと、たくさんのネット小説を読んでみて、『これなら俺《おれ》にも書けるな』とか『俺《おれ》ならもっと面白《おもしろ》く書けるね』とか、『こいつら更新遅《こうしんおそ》っせーなー。もっとバンバン書いて一気に読ませた方がいいだろ』とか、そんな傲慢《ごうまん》な思いもあった。

実際、その傲慢《ごうまん》な考えは、『ある程度』正しかったと思う。

なにせ『和泉《いずみ》マサムネ』は、プロデビューまでほぼ最短でこぎつけているわけだし、ほとんど挫折《ざせつ》らしい挫折《ざせつ》もなかった。

せいぜい、勝手がわかる前の最初期に、ちっとも投稿《とうこう》作品が読まれなくて困惑《こんわく》したくらいだ。

ぶっちゃけ調子こいていた。

この『遊び』は、思った以上に面白《おもしろ》い。

思った以上に、ここで上手《うま》くやれそうだ――ってな。

そんな甘《あま》い考えは、プロデビューした直後、エラい目に遭《あ》わされたせいで吹《ふ》き飛《と》んだけれど。

ま、そのへんの話は、ムラマサ先輩《せんぱい》と初めて会った頃《ころ》にさんざんしたから割愛《かつあい》させてもらう。

ともあれ結論はこうだ。

中学生で作家デビューして、忌々《いまいま》しき千寿《せんじゅ》ムラマサに打ち負かされるまで――

和泉《いずみ》マサムネという小説家は、自信の塊《かたまり》のような作家だった。

十六歳《さい》のいまよりもさらに若く、向こう見ずで、ひたすらに楽しいだけの創作を行っていた。

そんな活動ができたのは、俺《おれ》に才能があったから……ではなく。

小説を書きはじめたばかりの俺《おれ》が、自信を得て『創作の楽しさ』を知る――大きな『きっかけ』があったからだ。

『初めての小説』を書きはじめた日。

俺《おれ》は、PCを持っておらず、スマホでネット小説を書いていた。一話を書いては投稿《とうこう》し、二話を書いては投稿《とうこう》し……思うがままに伸《の》び伸《の》びと『処女作』を書き散らかしていた。

日曜の早朝から始めたのだが、思いの外《ほか》筆が進み、昼頃《ごろ》には四十話くらい投稿《とうこう》していた。

「はは……なにせ初めて書いた小説だったから、いまよりもずっとヘタクソで、痛々しくて……」

当時の回想をしていた俺《おれ》は、ふっと笑い、

「でも、楽しかったな。夢中になって書きまくってたよ」

「『勇者マサムネの冒険《ぼうけん》』でしょ？　テイルズのパク……二次創作小説。私も読んだよ」

「あ、あの作品のことはすぐに忘れるんだ！　いいな！」

当時は自信満々で書き上げた作品ではあるが！

処女作を読まれるとか、死ぬほど恥《は》ずかしいんだよ！

同じ創作者同士、そのあたりの気持ちはわかってくれているに違《ちが》いないのに。

紗霧《さぎり》は、布団《ふとん》から抜《ぬ》け出《だ》すや、我《わ》が古傷を思いっきりエグり始める。

「オリ必殺技《わざ》あったよね。勇者マサムネの」

「待って紗霧《さぎり》！　wiiリモコンで必殺ポーズ真似《まね》るのやめて！」

「ふふふふ……」

超《ちょう》楽しそうに、短い棒状のwiiリモコンを手に取った紗霧《さぎり》は、その手を天高くかざし、ぐるぐると回転させ始める。↑パワーを溜《た》める動作。

そして、普段《ふだん》なら絶対に出さないようなデカい声とともに、リモコンを振《ふ》り下ろす。

「うぉぉぉぉ！　雷神斬滅剣《らいじんざんめつけん》！」

「あああああ！　やめろおおおおお！」

その必殺剣《けん》は、誰《だれ》よりも俺《おれ》に効く！

去年ムラマサ先輩《せんぱい》にもやられたやつ！

超《ちょう》必殺の黒歴史アタックをまともに喰《く》らった俺《おれ》は、布団《ふとん》の上で悶《もだ》え苦しむ。

「あはははは」

「チクショウ！　性格悪いぞ紗霧《さぎり》ぃ！」

「ふふふふ……もぉ、兄さん？　そんなに恥《は》ずかしがったら、当時の読者に失礼でしょ？」

「当時の読者もいま読んだら恥《は》ずかしくなるだろうよ！」

「ふふ……そんなことない。——いい思い出」

「ありがとよ！」

でも——紗霧《さぎり》の言うとおりだ。

いま読み返すと死にそうになるほどヘタクソで、こっ恥《は》ずかしい黒歴史小説だけど。

『俺《おれ》の初めて書いた小説』には、ちゃんと読者がいたんだ。


『勇者マサムネの冒険《ぼうけん》』全２１０話。

それを一日で書き上げた俺《おれ》は、最終話の更新《こうしん》を終え、自分の部屋で、思いっきり伸《の》びをした。

「あ～～～～楽しかったぁ」

ずっとスマホで書いていたため、利《き》き手《て》の指が痛くて仕方ない。

それさえもが、達成感で心地《ここち》よかった。

「いてて……おーいて……っへへ」

『作品を最後まで書き上げる』——これは、人生の中でも、最高の体験のひとつだと思う。

山田《やまだ》エルフ先生風にいうなら、『リザルト画面が見える瞬間《しゅんかん》』。

意味わからんだろうから解説すると。

何か大きな物事を達成し一区切りしたときに、人は成長する。

エルフはそんなとき、ゲームのように『リザルト画面が見える』というのだ。

経験値を獲得《かくとく》して、自分がレベルアップしたのがわかる——のだという。

正直いつもの戯言《ざれごと》だとは思うのだが、言わんとすることはわかる。

料理にせよ、スポーツにせよ、小説にせよ、なんにせよ。

己《おのれ》が上達したことがわかる瞬間《しゅんかん》、というのはあると思う。

俺《おれ》という小説家にとってそれは、

『作品を最後まで書き上げたとき』

『作品を公開し誰《だれ》かに読ませたとき』

『感想をもらったとき』

この三つだけだ。

これを繰《く》り返《かえ》すことで、楽しくレベルアップができる——と、信じている。

で。

この日このとき、初めて小説を書きあげた瞬間《しゅんかん》の和泉《いずみ》マサムネは、エルフ的に言うなら、
リザルト画面を見ている真っ最中だったわけだ。

心地《ここち》よい疲労《ひろう》と達成感に酩酊《めいてい》していた俺《おれ》に、

「ん？」

メールが届いた。小説投稿《とうこう》サイトの作者ページに記してあった俺《おれ》のアドレスにだ。

件名は、『初投稿《とうこう》＆完結おめでとう！』。

「!!!」

がば、と身体を起こす。一気に目が覚めたね。

「と、と」

震《ふる》える指で件名をタップし、本文を表示させる。それをマジマジと覗《のぞ》き込《こ》んだ。

とってもおもしろかったです。
勇者マサムネの絵を描《か》きました!

「――――」

メールには、画像が添付《てんぷ》されていた。

長剣《ちょうけん》を掲《かか》げる『勇者マサムネ』を描《か》いたイラストだ。

下手ではない……けど、さして上手《うま》くもない、色鉛筆《いろえんぴつ》で描《か》いた、なんの変哲《へんてつ》もないイラスト。

「っ……ふ……ふふ…………」

それが……

「く……く……くく…………」

どうしてこんなにも、心に響《ひび》いたのか。

「ひゃほおおぉぉぉぉぉぉ――っ!」

その場で思い切り飛《と》び跳《は》ねた。

スマホを抱《だ》きしめて、ゴロゴロと床《ゆか》を転げまわった。

夢中で小説を書いていたときでさえ、頭の片隅《かたすみ》に残っていた『暗い気分』が、まとめて吹《ふ》き飛《と》んだ。俺《おれ》はもはや、『親を亡《な》くしたばかりの不幸な少年』では断じてなかった。

世界で一番幸せな――ネット小説家だ！


はあああああ！　なんでこんなに嬉《うれ》しいのかわからないがとにかく嬉《うれ》しい！

完全にハイになっていた俺《おれ》は、誰《だれ》かにこの喜びを伝えねばならないという使命に目覚め、思わず部屋を飛び出した。

向かったのはリビングだ。ドタドタと行儀《ぎょうぎ》悪く駆《か》けていく。

リビングにいた親父《おやじ》は、さぞ驚《おどろ》いたことだろうな。

なにせこの家唯一《ゆいいつ》の子供である俺《おれ》は、母親を亡《な》くしてからずっと、元気とは程遠《ほどとお》い有様《ありさま》だったのだから。

「お父さん！」

バン！　とリビングの扉《とびら》を開け放って登場した俺《おれ》は、昨日までとはうって変わった快活さで、大声を張り上げる。

「俺《おれ》！　プロの小説家になる！」

ソファで本を読んでいた親父《おやじ》は、仰天《ぎょうてん》して息子《むすこ》を凝視《ぎょうし》していた。

意味わからん宣言をした俺《おれ》をポカンと口を開けて見ていたが、はっと正気に立ち返り、こう聞いてきた。

「そりゃまた突然《とつぜん》だな。なにかあったのか？」

気遣《きづか》うような父の問いに、俺《おれ》はいたって真面目に回答した。

「気づいちゃったんだ。実は俺《おれ》……天才だったんだよ！」

ババーン！　漫画《まんが》だったなら、そんな擬音《ぎおん》を背負っていたことであろう。

リアル小学生でも、ここまで突《つ》き抜《ぬ》けた勘違《かんちが》いバカはそう居るまいと今なら思う。

「小説を書く超《ちょう》天才。プロになって、大儲《おおもう》けとかできる。マジで」

ただ、当時の俺《おれ》は本気だった。どこまでも真剣《しんけん》だった。

もしもここで茶化されたら、傷ついたし、怒《おこ》ったはずだ。

そんな超《ちょう》デリケートな小学校高学年の息子《むすこ》に対し、我《わ》が親父殿《おやじどの》はどんな態度を取ったのか？

「ぶはははははは」

爆笑《ばくしょう》であった。

「げほッ！　っ……ははははははッ！　なに言ってんだおまえ！　ぎゃははははは！」

思いッきり腹を抱《かか》えて、涙《なみだ》さえ流して、息子《むすこ》の夢を全力で笑う。

最悪の父親であった。

「なんで笑うんだよ——ッ！」

夢を笑われた小中学生は、だいたいこんな感じでキレるのではなかろうか？

顔真っ赤で怒鳴《どな》る俺《おれ》に、親父《おやじ》は息を切らしながら詫《わ》びる。

「いやすまん、つい」

「ついってなんだよ！　笑いながら謝《あやま》るなよ！　うぞえええええん！」

「俺《おれ》がオマエくらいのガキん頃《ころ》さ。似たような台詞《せりふ》を聞いたぜ」


——テッちゃん！　私！　プロの料理人になる！

——はぁ？　なに言ってんだおまえ？

——フフフ、気づいちゃったんだよ……この私が、料理の天才だということにな！


「オマエの母さんからな」

「…………」

「笑うだろ、こんなん。くくく、親子しておんなじよーなこと言いやがって」

ぐす、と鼻を鳴らす親父《おやじ》。

泣いているのか、笑っているのか、両方か。

「悪かったよ。泣くな、正宗《まさむね》」

「お父さんだって泣いてるじゃん」

「バッ、泣いてねーし」

シャツの袖《そで》で顔をぬぐった親父《おやじ》は、さっぱりとした表情で、

「そうだ……ちょっと待ってろ」

ソファの横に置かれていた、ダンボールを開梱《かいこん》する。

中から出てきたのは、最新型のノートパソコンだ。

「さっき届いたばっかなんだけど……」

親父《おやじ》はそれを片手で持って、俺《おれ》に差し出す。

「おまえにやるよ」

「え、でも」

「プロの小説家になるなら、必要だろ」

に、と、笑う。

「………あ」

このとき俺《おれ》は、一番認めて欲《ほ》しかった人から、一番欲《ほ》しい言葉をもらったのだ。

「うんっ！」

俺《おれ》はノートパソコンを、ぎゅっと強く抱《だ》きしめた。

和泉《いずみ》マサムネは、この後――宣言どおりプロ作家になる。

父からもらった大切な機械で、たくさんの作品を生み出していったんだ。

＊

「それが……和泉《いずみ》マサムネが小説にハマった、『きっかけ』だ」

正宗《まさむね》は、そう言って昔話を一区切りさせた。

私は、とある理由によって――彼《かれ》の顔をまともに見られなくなっていた。

「……そ、そう……だったんだっ」

彼《かれ》が語ってくれた『きっかけ』は、私が想像していたものとほぼ同じだった。

ただし、そこに彼《かれ》の『生の感情』が乗せられたことによって、彼《かれ》の口から直接語られることによって、破壊力《はかいりょく》ばつぐんの兵器と化していた。

「俺《おれ》が初めて書いた小説を、面白《おもしろ》いって言ってくれた人がいた。俺《おれ》が創ったキャラクターに、絵を付けてくれた人がいた。それがすごく嬉《うれ》しくて……めちゃくちゃ楽しくて……だから俺《おれ》は、プロを目指したんだ」

あのとき彼《かれ》になにがあって――なにを想《おも》ったのか。

そのすべてを、真《ま》っ直《す》ぐぶつけられた。私の心臓に、真正面からぶち当たった。

「…………あぅ…………」

私は、うつむき、インフルエンザめいた熱さに耐《た》え続ける。

「……そっ……そんなに……嬉《うれ》しかった……んだ？」

「あぁッ」

正宗《まさむね》は、小学生時代の彼《かれ》に戻《もと》ったかのように、快活な声で笑う。

「俺《おれ》に、初めてファンレターをくれた『あの人』。初めて俺《おれ》のキャラの絵を描《か》いてくれた『あの人』。ネットだけのつながりだったけど……友達だったと思う」

正宗《まさむね》は遠い目になって、過去を回想している。

私は、じっ……と、その顔を眺《なが》めていた。

私の熱は、いっこうに下がらない。どきどきと心臓が高鳴っている。

……その顔はずるい。

やがて彼《かれ》は回想から立ち返り、私を見る。

「俺《おれ》の話はこんなとこだ。次は紗霧《さぎり》の番だぜ。──おまえの『きっかけ』──教えてくれ」

「わかった。じゃあ……教えてあげる。当時、ぷち引きこもりになってた私が、立ち直って、学校に行くようになった──『きっかけ』。それはね……私が本格的な絵の練習を始めた『きっかけ』でもあるの」

「へぇ……じゃあ、本当に大事な『きっかけ』だったんだな」

「うん……そう」

私は、しみじみと首肯《しゅこう》する。

「兄さんが小説にハマったきっかけは、『初めての読者と出会ったから』——だったよね？」

「ああ」

「……私が、小学校に行くようになったきっかけは、『兄さんと出会ったから』」

「へ？」

「……私が、本格的な絵の練習を始めたきっかけは、『兄さんと出会ったから』」

「いや……どういう意味？」

「……………私と兄さんは、昔……会ったことがあるの」

すると正宗《まさむね》は、首をかしげたままの体勢で——目を見開き、固まった。

「………………え」

なにかいま、妹から、とんでもない告白をされている——そんな表情。

「……それ……どう……いう……？」

ここだ、って、思った。

ずっと黙《だま》っていた私の『秘密』を、いまこそ彼《かれ》に突《つ》き付《つ》けよう。

私は、すぅ、はぁ、と深呼吸し……

私がさっきまで描《か》いていたイラストを、正宗《まさむね》に差し出した。

「お、おい紗霧《さぎり》……これ……このイラスト……」

それは、勇者マサムネのイラストだ。

この勇者は、口下手な私などよりずっと雄弁《ゆうべん》に──『私の秘密』を語ってくれる。

「兄さんに、初めてファンレターを送った人。初めて兄さんのキャラの絵を描《か》いた人」

「……ま、まさか──」


そう。

私が『和泉《いずみ》マサムネ』の小説キャラのイラストを描《か》いたのは、彼《かれ》のデビュー作『ブラックソード』の挿絵《さしえ》依頼《いらい》を受けたときじゃない。

その二年前。

和泉《いずみ》マサムネがデビューする以前。

彼《かれ》が、ネットで処女作『勇者マサムネの冒険《ぼうけん》』を書き上げた当日だ。

当時、絶賛引きこもり中だった私は、暇《ひま》つぶしの一環《いっかん》として（あとお母さんが話しかけてくる頻度《ひんど》を下げるツールとして）、スマホでネット小説を愛読していた。

といっても、熱心な読者とはとても言えないだろう。

ちょっとでもつまんなかったら即《そく》ブラバ（ブラウザバックの略）のライトユーザー。

私はその日も、ベッドでごろごろしながら、ネット小説を読《よ》み漁《あさ》っていた。

すでに人気ランキング上位のものは読みつくしてしまっており、自分で面白《おもしろ》いネット小説を根気よく探す行為《こうい》――いわゆる『スコップ』をしていたのであった。

『スコップ』のやり方には色々あって、私なりのコツを紹介《しょうかい》したいところだが、長くなるのでやめておく。日間ランキングを上から順に、というような読み方はしていない、とだけ。

ちなみに、ベッドからは隣《となり》の部屋で仕事中のお母さんが見える。

さっきからお母さんは、たまーにこっちを振《ふ》り返《かえ》って、うざい感じに構ってくる。

「紗霧《さぎり》ー、見て見てー。こーやってカワイイキャラクターを作るのが、ママのお仕事なの。けっこーユーメーなんだゾ？」

お母さんが差し出したタブレットに描《か》かれていたのは、半擬人化《ぎじん》された動物のイラストだ。ウサギだのクマだの、いかにもお子様が好きそうな健全かつかわいいデザイン。

私は知らなかったが、当時大流行していた超《ちょう》有名ゲームの新作発表用イラストだったらしい。

そんな小学生垂涎《すいぜん》のお宝画像を見せられた私は、気のない声でこう返す。

「ふぅん」

「うっわぁ、興味なさそー」

がっかりと息を吐《は》くお母さん。

「……あのー……紗霧《さぎり》って、お絵かき好きでしょ？」

「うん、好き」

「じゃあさ！　じゃあさ！　ママが、本格的に教えてあげよっか？　よっか？」

「べつにいい」

「……あ、そう」

いまにして思えば申し訳ない限りなのだけど。

当時。私の、お母さんに対する態度、絵に対する態度は、このような感じだった。

だって。

お仕事のイラストを描《か》いているときのお母さん――あんまり楽しそうじゃなかったし。

描《か》いてる絵だって（いまの私から見ても）つまんないし。

お母さんの仕事中、学校休んでそばにいるから、色々イラストレーターという仕事のイヤなところが見えてしまうのだ。

今日はキリッと格好《かっこう》つけているが、調子悪いときの、『あうぅ～、お仕事したくないのぉ～～～～～』という泣きごととか、私にまる聴《ぎ》こえなのだ。

さらには――

『お仕事と関係ないエロい絵書きたいよぉ～～～お絵かき配信してちやほやされたいよぉ～～～腰《こし》イターイ、首イターイ、もぉ休みたぁ～い』

――こんなひどい有様《ありさま》まで。

いまだからツッコむけれど……小学校低学年の娘《むすめ》に見せていい姿じゃないと思う。

お絵かきは好きだけど、がんばって絵の練習をしようとか、将来お母さんみたいにプロのイラストレーターになろうとか、そんな風には思えなかった。

学校に行くのは怖《こわ》いし、家でだらだらしてるのも退屈《たいくつ》だし、罪悪感あるし、お母さんはうざいし、なんか面白《おもしろ》いことないかなー、あー、うー、なーんかなーみたいな。

このダルいダルいダルいダルい気持ち、みんなわかれ。

困った……。

真面目系おばかだった誰《だれ》かさんの昔話を聞いたあとだと、私がすっごく甘《あま》えん坊《ぼう》っぽい。

でも、なんだろう。この前向きになれないアンニュイな日々は、誰《だれ》しも経験があると思う！

……あるよね？

そんな気だるい朝は、ベッドに横たわったまま、スマホをいじることくらいしかできない。

今日も今日とて、私はおなじみの小説サイトで、スコップを始める。

お母さんの描《か》いた不思議動物たちを見たせいか、頭がファンタジーな気分だったので、ファンタジー小説という括《くく》りで、新着小説を読んでいく。

幾度《いくど》かのブラバを経て、私は、とある小説を見つけた。

タイトルは、『勇者マサムネの冒険《ぼうけん》』。

感想も、評価も、ひとつたりとも付いていない。いま、まさに投稿《とうこう》されたばかりの作品だ。

作者名は、和泉《いずみ》マサムネとある。

「ぷっ」

まだ本文すら読んでいないというのに、軽く噴《ふ》き出《だ》してしまう。

——わぁぁ……わぁぁ……作者と主人公、おんなじ名前なんだっ。

もう少し読み進めてみようと思ったのは、これがきっかけだ。

今時こういうのは珍《めずら》しい。なにが珍《めずら》しいかって、ネタでやっているわけじゃないところ。

本当に——作者自身が、主人公になりきって、楽しく執筆《しっぴつ》している。

読み始めてすぐ、冒頭《ぼうとう》でそれがわかった。

世界観は、剣《けん》と魔《ま》法《ほう》のファンタジー。ゲームをベースにした平凡《へいぼん》な二次創作小説。

初めて小説を書いたんだなというのが伝わってくるへタクソさで、このぶんなら二〜三話読んでブラバかなという感じ。

「ふぅん……あんまり……」

一話ごとのテキスト分量は、やや少なめ。数分で読み終えてしまう。

第一話を読了《どくりょう》し、更新《こうしん》ボタンを押《お》すと、第二話へのリンクが出現した。

「……お」

どうやら、私が第一話を読んでいる間に、第二話を投稿《とうこう》した——ということらしい。

……ここまでなら、そこまでおかしいことではない。偶然《ぐうぜん》かもしれないからだ。

さらに数分後……第二話を読了《どくりょう》した私が、再び更新《こうしん》ボタンを押《お》すと、第三話へのリンクが出現した。

「ん……？」

つまり、この和泉《いずみ》マサムネというヘタクソなネット小説家は、またしても——私が第二話を読んでいる数分のうちに、第三話を投稿《とうこう》した、ということになる。

当時の私は、そこまで深く考えていなかったが、『この小説、なにかがおかしいぞ？』とは感じていた。

第四話を読み終え、更新《こうしん》ボタンを押《お》すと、第五話が現れる。

第五話を読み終え、更新《こうしん》ボタンを押《お》すと、第六話が現れる。

第六話を読み終え、更新《こうしん》ボタンを押《お》すと、第七話が現れる。

第七話を読み終え、更新《こうしん》ボタンを押《お》すと、第八話が現れる。

第八話を読み終え、更新《こうしん》ボタンを押《お》すと、第九話が現れる。

第九話を読み終え、更新《こうしん》ボタンを押《お》すと、第十話が現れる。

「ん？　ん？　ん〜？」

ここまでくると私じゃなくとも、ネット小説の読者なら『なんらかの異常事態が起こっている』と気づくだろう。

小説の面白《おもしろ》さとは別の方向で興味を惹《ひ》かれた私は、よいしょとベッドの上で身体を起こすや、

『勇者マサムネの冒険《ぼうけん》』の感想欄《らん》に、こう書《か》き込《こ》んだ。

【書きためてるの？】

すると、『和泉《いずみ》マサムネ』から即《そく》レスが来た。十秒も経《た》たないうちにだ。

【？？？　書きためってなんですか？】

私は再び、感想欄《らん》にメッセージを書きこむ。
その後、次のようなやり取りがあった。

【この小説は、いつ書いたもの？】
【いまです】
【10話まで？　ぜんぶ？】
【はい。いま、書き終わったのから順番にアップしてます。よかったら感想ください！】

「……………………………………………………………………………………」

『和泉《いずみ》マサムネ』の書《か》き込《こ》みを読んだ私は、ぱちくりと何度もまばたきした。

目をこすって、何度か見直してしまった。

「えっと……」

私は、ぞくぞくと肌《はだ》を粟立《あわだ》たせながら——

小説目次ページで、更新《こうしん》ボタンをクリックする。


ずらっ……と、十六話まで一気に、新着リンクが表示された。


もう解説する必要もないだろう。

……そういうことである。

「……なんだこいつ」

私は、ぽかんと口を開け、顔も知らない相手に向かって、そう呟《つぶや》くのであった。

その後も、興味半分怖《こわ》いもの見たさ半分で『勇者マサムネの冒険《ぼうけん》』を読み続けた。

相変わらずヘタクソだ。

だけど、すっごく楽しそう。

一時間経《た》っても、二時間経《た》っても、いっこうに更新《こうしん》速度が落ちる様子はない。

そして、書きなれてきたのだろうか……少しずつ……内容が面白《おもしろ》くなってきている、ような気がする。最初はレベル1だった勇者マサムネも、いまではドラゴンと戦えるようになった。

「なんだこいつ……はは……あははっ……」

いつしか私は夢中になって、そのつたないネット小説を読みふけっていた。

そんでもって。

「紗霧《さぎり》、紗霧《さぎり》、なにやってるの～？　ママのかっこいい仕事姿見てよぉ～」

ちょくちょく邪魔《じやま》が入ったり。

小説を読んでいる途中《とちゆう》で話しかけられた私は、不機嫌《ふきげん》にお母さんの方を見る。

「……ねっと小説」

「ああん！　悲報・ママの仕事姿、ネット小説に負ける！」

こういうときのお母さんは、本当にうざい。

「そんなに面白《おもしろ》いのぉ？」

「へたくそ」

私は率直《そつちよく》に感想を述べる。

「でも、面白《おもしろ》くなってきた」

午後四時三十分現在――

『勇者マサムネの冒険《ぼうけん》』は、105話まで進んでいた。

——こいつ、今朝からずーっと休まずこの小説を書き続けている。

感想はゼロ件。評価もゼロ件。さっき私が書きこんだ質問のみだ。

そしてリアルタイムのユニークアクセスが、作者をふくめて『2』。

呆《あき》れと感心が綯《な》い交《ま》ぜになった笑いが、私の口から漏《も》れ出てくる。

「……私しか読んでないのに…………なんでこんな……がんばって書いてるのかな」

別に、誰《だれ》に問うたものでもなかったのに、回答があった。

「楽しいからでしょ？」

お母さんからだ。

私の中で、あまりにも、すとん、と、腑《ふ》に落ちたのが不思議で——マジマジとお母さんの顔を見つめてしまった。

お母さんは言う。

「誰《だれ》も見てなくたって、作るだけで楽しい」

「誰《だれ》かが見てくれたら、もっと楽しい」

「誰《だれ》かが褒《ほ》めてくれたら、もっともっと楽しい」


「創作って、そういうものよ」

優《やさ》しく微笑《ほほえ》むその顔に……初めて、憧《あこが》れた。

「ふぅん…………だからママも……」

「ん？」

「腰《こし》痛いとか休みたいとか仕事したくないとか言ってるくせに、お絵かき動画を配信して遊んでるの？」

「……………さ、紗霧《さぎり》……？　な、な、なぜママの秘密を……知ってるのかな？」

汗《あせ》をたっぷりかいて焦《あせ》るお母さん。

「だって、私がお昼寝《ひるね》してるすぐそばでやってるから……」

そりゃ起きるし、見えるし、まる聴《ぎ》こえなのだ。

――エロマンガを描《か》いてるの家族にバレちゃったぁあああぁあぁ！

そんなふうに泣《な》き叫《さけ》ぶ姿もだ。

もしかして、お母さんのペンネームの由来って……いやっ、ちがう！

……島の名前だってゆってたもん！

話を戻《もど》そう。動揺《どうよう》するお母さんに、私はこう言った。

「ママが、いつも楽しそうに女の子の絵を描《か》いてるの……しってるよ」

ネットの片隅《かたすみ》で絵を描《か》いて、ひっそりと動画配信をしていた――エロマンガ先生。

『彼《かれ》』が遺《のこ》した動画を、私が視《し》聴《ちょう》者として見るのは、何年も先のことになる。


――お母さんがいなくなってから……しばらく絵が描《か》けなくなって……

――どうしても部屋から出られなくなって……どうしていいかわからなくて……

――そんなとき、他のイラストレーターさんが、動画を配信しているのを見つけたの。

――そのひとは、みんなとお喋《しゃべ》りしながら、すごく楽しそうに絵を描《か》いてた。

――描《か》いたその場で、感想をもらったり、してた。……見てて、羨《うら》ましかった。

――私も……そうなりたいって、思ったの。


「そっか。ばれちゃってたかぁ」

てへへ、と照れ笑うお母さん。

きっと内心では、

『えっちな絵を描《か》いてることまで娘《むすめ》にバレてる⁉』

『そこどうなの‼　聞けないけど気になる！』

という感じだったはずだが、そんなそぶりは露《つゆ》ほども見せず、こう続ける。

「……うん、そういうこと。だから、夢中になって創作をしている人の気持ち、わかるんだ」

そっと私の頭をなでてから、片手で色鉛筆《いろえんぴつ》を差し出してくる。

「『その人』に、教えてあげたら？」

「え？」

「『私は君の作品で、楽しんでるぞ』って。そしたらきっと、喜ぶわよ。そしたらきっと――楽しいわよ」

「――――」

私は、お母さんの顔を見て、スマホに映る『勇者マサムネの冒険《ぼうけん》』を見て。

色鉛筆《いろえんぴつ》を手に取った。

「うんっ！」

その日の夜、私は『和泉《いずみ》マサムネ先生』に、メールを送った。


とってもおもしろかったです。

勇者マサムネの絵を描《か》きました！


へたくそなイラスト付きの、ファンレターだ。

「私が、あなたの『初めての読者』。――それが、私の『きっかけ』」

そこまで語り終えた私は、正宗《まさむね》の顔をまっすぐ見据《みす》える。

彼《かれ》は――呆然《ぼうぜん》と私の話を聞いていた。

よっぽど驚《おどろ》いたのだろう。

その口から言葉が発せられるまで、かなりの時を要した。

「おまえが……さ、紗霧《さぎり》が……俺《おれ》の、初めての読者……？」

「……うん」

しっかりと、頷《うなず》く。

「……嘘《うそ》だろ？　だって『あの人』は……年上で……男で……」

当時の私は、正宗《まさむね》と交流する際、ハンドルネームを使わなかったから、彼《かれ》からは『あんた』とだけ呼ばれていた。

聞いてのとおり、私のいないところでは『あの人』などと呼ばれていたようだ。

「確かに、当時の私は、兄さんに――そうゆったけど」

「…………」

「ほんとうは、年上じゃなくて……小学二年生だった」

「……マジか」

正宗《まさむね》は、頭を抱《かか》えている。その姿を見て、私はだんだん不安になってきた。

彼《かれ》が『あの人』に抱《いだ》いていた幻想《げんそう》を、壊《こわ》してしまったのかも……と。

「その……しょ、証拠《しょうこ》、言う？」

「え……？」

「私、ぜんぶ、覚えてる。あの頃《ころ》ふたりで……どんな話をしたのか、とか……」

そう。あれは私たちが（ネットで）出会って、初めての冬。

早朝……今日も学校を休んだ私は、マンションの窓から外を眺《なが》めていた。

窓の外には、登校中の小学生たち。みんな楽しそうにお喋《しゃべ》りしながら、学校への道を歩いている。一方で……私のランドセルは、机のフックにかけっぱなしだ。

もう半年以上も。

ぷち引きこもりになってから、毎朝この時間になると憂鬱《ゆううつ》で仕方ない。

学校に行けば解決する問題だけど……行きたくない原因が取り除かれたわけじゃない。

それに、一度長期間休んでしまうと……すっごく行き辛《づら》いのだ。

「はぁ」

と重い溜息《ためいき》を吐《つ》く。

そんなときだ。

「！」

私のスマホにメールが届いた。

『和泉《いずみ》マサムネ』からだ。


【なーなー、俺《おれ》の新作もう読んだ？】


このように——もう、すっかり馴《な》れ馴《な》れしくなった。

彼《かれ》からのメールを読むと、いつも私は、子犬が懐《なつ》いてきたような心持ちになるのだった。

「ぷっ……まったくもう」

私は、にやけ顔で返信する。

【まだ！　いま起きたとこ！】

【ええ！　まだ寝《ね》てたの！　もしかして……ニート？】

するどぉい！

私は、すっごく焦《あせ》って、

「えっと……えっとぉ……」

【ちげーよ！　大学生！】

【へー！　大人だったんだ！】

【おう！　そっちは何歳《なんさい》？】

【十一歳《さい》！】


「へ、へぇ〜〜〜」

年上だったんだ……。弟みたいに思ってたよ……。

そんなわけで。

最初に年上ぶってしまったせいで、いまさら年下だとも言い出せず……。

私は、小学二年生でありながら、和泉《いずみ》マサムネ少年の兄貴分のように振《ふ》る舞《ま》い続けるしかなかったのである。

それからも私たちの交流はしばらく続いた。


【またイラスト描《か》いてやったぞ！】

【マジで！　サンキュー！　なぁなぁ！　今度も小説にくっつけてアップしていい？】

【いいけどヘタクソだぞ】

【そんなのカンケーねーよ。俺《おれ》、めっちゃ好きだし！】

【そっか、じゃ、もっと描《か》いてやる。ありがたく思えよ】

【サンキュー！】

【ってか、どうせおまえの小説、オレ以外誰《だれ》も読んでないもんな】

【それを言うなよ！　それに、最近ちょっとずつ読んでくれる人が増えてきたから！】

【おっ、オレのイラストのおかげかな？】

【俺《おれ》の小説が面白《おもしろ》いんだって！】


春がすぎ、夏になっても、私は学校に行くことができず——憂鬱《ゆううつ》な日々を送っていた。

そんな中……

仲良くなった弟分、和泉《いずみ》マサムネとの交流は、私の数少ない楽しみのひとつだった。

そして、私が立ち直り、再び小学校に行くようになったのも、彼《かれ》の影響《えいきょう》だ。


その日は早朝から、うだるような暑さで、エアコンが故障中の我《わ》が家《や》は、ちょっとしたサウナのような有様《ありさま》だった。

「ねぇ紗霧《さぎり》ぃ～、学校行った方が涼《すず》しいんじゃなーい？」

ぱんつとブラのみというあられもない格好のお母さんが、死にそうな声で私に言う。

「……ぜったい行かない。あつい方がまし」

「かたくなだなぁ」

お母さんは、ぐでーっと、机に突《つ》っ伏《ぷ》してしまう。

「にしても暑いなぁ～～～」

やがてお母さんは、緩慢《かんまん》な動きでタブレットに手を伸《の》ばし、作業中の線画を私に見せてくる。

「ねぇ～、紗霧《さぎり》ぃ～、この灼熱《しゃくねつ》空間でお仕事がんばってるママのこと、励《はげ》ましてよぉ」

私は、悟《さと》りの表情で言う。

「こんな絵じゃ、おぱんつなめたくならない」

「そういうのどこで覚えたの？」

お母さんを指さす私。

このときの私は、すでに『先代』から影響《えいきょう》を受けつつあったようだ。

お母さん——否、エロマンガ先生は、手慣れた感じに話を変える。

「おっとぉー、そーいえば紗霧《さぎり》、最近お絵かきがんばってるみたいじゃん。やっぱりママが、がっつり教えてあげよっか？」

「んー……べつにいい」

「あ、そお？」

がっかりした様子で、再び机に突《つ》っ伏《ぷ》すお母さん。

「………………」

お母さんの『絵を教えてあげようか？』という誘《さそ》いを断ったものの。

前回とは違《ちが》い、少し迷った。

というのも……当時の私は、日常的に『和泉《いずみ》マサムネ』に、絵を描《か》いてあげていたから……

上手《うま》くなりたい、という気持ちが芽生えつつあったのだ。

小学三年生の和泉紗霧《いずみさぎり》は、イラストレーターである母に『多少絵の手ほどきを受けたことがある』程度だったから、『絵の腕《うで》』は、中学生に毛が生えた程度でしかなかった。

和泉《いずみ》マサムネは、私のへたくそな絵でも、大喜びで受け取って——

ネットでみんなに自慢《じまん》する。

それが、ちょっぴり恥《は》ずかしかったのだ。

もっとあいつに、上手《うま》い絵を描《か》いてあげたいな。

そう思うようにもなっていた。そんな心の動きがあったせいだろう。

気付けば、彼《かれ》に、こんなメールを送っていた。


【おまえ、なんで小説書こうと思ったの？】

【突然《とつぜん》なに？】

【いーから。教えろよ】

返事がくるまでに、彼《かれ》にしては珍《めずら》しく、時間があいた。

【俺《おれ》、父親しかいないんだ】

「！」

……私と、似てる。

お父さんがいない私と……お母さんがいない和泉《いずみ》マサムネ。

同じだ——と、思った。

思った拍子《ひょうし》に、私の口からは絶対に出ない言葉がくる。

【俺《おれ》が、楽しそうにしてないと、心配する人がいる。だから、好きなこと見つけなくちゃって】

それで——小説を書きはじめたのだ、と。

「……な……なんだよっ」

——私とは、大違《ちが》い……じゃん。

机でしょぼくれているお母さんを見ながら、想《おも》う。

私は……お母さんに心配をたくさんかけて……学校にも行ってなくて……。

なのにこいつは……

自分が恥《は》ずかしくなってしまって、つい、喧嘩《けんか》ごしの文面を送ってしまう。


【暗い理由。そんなんでおもしれーの？】

【めちゃめちゃ面白《おもしろ》い。あんたが、読んでくれたから】


——どきっ、と、した。


【あんたが、絵、描《か》いてくれるから。小説書くの、好きになったよ】

【あっそ】


「……うぁぁぁ…………………」

私は、ベッドの上で足をバタバタとさせる。

——顔が、フライパンになったみたいだった。


その翌日から。

私は、ちょっぴり変わった。

早朝、ランドセルを背負って部屋を出てきた私を目撃《もくげき》したお母さんは、

「うぇぇぇ!? 紗霧《さぎり》が学校に行こうとしてる——!!」

目が飛び出そうなほど、驚《おどろ》いていたっけ。


「どう? ……これで、信じた?」

「あ、ああ……」

正宗《まさむね》は、観念したとばかりに頷《うなず》いた。

「信じるよ。おまえが——『あの人』だったんだな」

「うん、そう。——『やっと会えたな、和泉《いずみ》先生』」

当時の口調で言うと、彼《かれ》は泣き笑いのような表情で、

「はは…………そういや、エロマンガ先生やってるときの紗霧《さぎり》と、喋《しゃべ》り方、おんなじだよ。……なんで気づかなかったんだろう」

「私が……女の子で、年下だったから……」

「そうだな。それもあるし……初めて一緒《いっしょ》に仕事をしたときから、エロマンガ先生の絵が上手《うま》かったからだ」

あいつはヘタクソだったからなあ——と、本人を目の前にして、正宗《まさむね》は笑う。

「悪かったな！　あのあと練習したんだよ！　じゃなきゃプロになんてなれるか！　おまえだってヘタクソだっただろ！」

「昔話してるときからオマエ、俺《おれ》のことヘタクソヘタクソ言い過ぎじゃないか⁉」

「だって兄さんヘタクソだったもん！」

「面白《おもしろ》かったって言ったじゃん！」

「面白《おもしろ》かったよ！　でもヘタクソだった！」

「またヘタクソって言った！　ああくそ、おんなじ会話、当時したな……ったく、本物だ！」

正宗《まさむね》は、複雑な感情を言葉に乗せて、

「ほんとに——あんただ。どうしよう……どんな顔していいか、わかんねぇ」

「普通《ふつう》でいい。……私も、オレも、どっちも紗霧《さぎり》なんだから」

「そか。でも、わかんねぇわ、やっぱ」

「げんめつした？」

「は？」

「兄さんの、初めての読者が……『あの人』が……私で……がっかりした？」

「どうかな。混乱してるってのが、正直なとこで……会えて嬉《うれ》しいし、なんで黙《だま》ってたんだよって気持ちもあるし……ぐちゃぐちゃだ！　がっかりはしてない！」

「そ、そう……」

「なんで黙《だま》ってたんだ？　言ってくれりゃよかったのに——それこそ、エロマンガ先生として、一緒《いっしょ》に仕事をすることになったときにさ」

「約束したから」

察しの悪い正宗《まさむね》も、ここで問い返してくることはなかった。

「約束ね。……あれか」

「うん、あれ」


——いつもオレに、夢をくれる。


「あなたが、私に最初にくれた『始まりの夢』。……覚えてる？」

「ああ、もちろん」

＊

あれは、俺《おれ》——和泉正宗《いずみまさむね》が小学校を卒業した日のこと。

卒業式が終わった後、証書の筒《つつ》を持った俺《おれ》は、スーツ姿のままでコンビニへと向かった。

親父《おやじ》と一緒《いっしょ》にだ。

「ほれ、正宗《まさむね》、USBメモリ出せ」

「うんっ」

コンビニのコピー機で、原稿《げんこう》を印刷する。

新人賞に投稿《とうこう》する、小説の原稿《げんこう》だ。

ががごごという心地《ここち》よい音とともに、俺《おれ》の小説が刷り出されてくる。

プロ作家『和泉《いずみ》マサムネ』のデビュー作となるはずの作品たちだ。

「うわぁ」

俺《おれ》は、わくわくとその様子を見守った。

一方親父《おやじ》は、

「……おい。……なんか、印刷長くねぇ？」

無限に吐《は》き出《だ》されてくるＡ４用紙に、やや引きつつあった。

やがてどのくらいの時が経《た》ったろうか……

ピーッ！　というエラー音とともに、コピー機が停止してしまう。

「あ、インク切れだって。――お父さん！　店員さん呼んできて！」

「お、おう……マジでか」

そうやって――

印刷した原稿《げんこう》を、作品ごとにクリップで留《と》め、封筒《ふうとう》に入れて、宛名《あてな》や必要事項《じこう》等を書く。

『応募原稿《おうぼげんこう》』の完成だ。

コンビニを出た俺《おれ》たち親子は、たくさんの応募《おうぼ》原稿《げんこう》を両手いっぱいに持って、今度は郵便局へと向かう。道すがら、俺《おれ》たちはにこやかに会話をする。親父《おやじ》はずっと忙《いそが》しくしていたから、久しぶりの親子団らんだったのだ。

「和泉先生、応募《おうぼ》原稿《げんこう》多すぎじゃないですかね？」

親父《おやじ》が俺《おれ》に向かって、茶化し半分、忠告半分の声色《こわいろ》で言った。

俺《おれ》は、自信満々、胸を張ってこう返す。

「ふふん、天才の作品だよ？　それがこんなにたくさん送られてきたら、編集部の人たち、きっと大喜びだ！」

「ぷはは、違《ちが》いない。――もう半分、こっちによこしな。重いだろ？」

「やだ、自分で持ってく！　僕《ぼく》……じゃなくて、俺《おれ》――もう小学生じゃないし、あと一年くらいしたら、プロの小説家になるんだから」

子供扱《こどもあつか》いすんな――と、子供っぽく主張する。

「……くく、すっげえ自信。案外、おまえの言うとおりになるかもな。……段々そんな気がしてきたぜ」

小さい呟《つぶや》きに、

「ひひー、あったりまえじゃん！」

幼い俺《おれ》は、無邪気《むじゃき》に返すばかりであった。


郵便局に到着《とうちゃく》し、受付のお姉さんに、大量の原稿《げんこう》を預ける。

「お願いします！」

「ふふ、承《うけたまわ》りました」

微笑《ほほえ》ましいものを見る眼差《まなざ》しのお姉さんに、意味もなく、ニッと笑う俺《おれ》。

郵便局を出ると、身軽になった両腕《りょううで》を、大きく上に伸《の》ばした。

「あ〜〜〜出したっ！　出したぞぉっ！」

「あとは結果待ちだな。どうする、正宗《まさむね》？　卒業祝いに、美味《うま》いメシでも食ってくか？」

「やった！　あ、でも、待って！　俺《おれ》――先に用事ある！」

「？」

「友達に、知らせるんだ」

「――そっか。じゃ、行ってこい」

「うんっ！」

俺《おれ》は、その場から駆《か》け出《だ》した。

なんで俺《おれ》が、応募原稿《おうぼげんこう》を今日出したかっていうと――

小学校の卒業式の日に、人生の節目に、ドカンと大砲《たいほう》を打ち上げたかったから！

俺《おれ》は、親父《おやじ》の姿が見えなくなるまで走って、止まり。

スマホを取り出した。

「……よし」

卒業証書授与《じゅよ》なんかより、ずっと緊張《きんちょう》する。

「行けっ！」

顔も知らない大切な友達に、短いメールを送る。


【絵、描《か》くの好き？】

*

私が、そのメールを受け取ったのは、卒業式の日だった。

小学校三年生である私自身が卒業するわけじゃなかったが、

『あいつ確か六年生だったな』

『今頃《いまごろ》、あっちも卒業式やってんのかな』

などと、顔も知らない大切な友達のことを、想《おも》っていた。

桜の花びらが舞《ま》う中を、私は一人きりで、歩いていく。

一緒《いっしょ》に帰るほど親しい友達がいなかったからだ。

さみしくはなかったが、騒《さわ》がしくお喋《しゃべ》りしている卒業生の集団などが視界に入ると、もやもやした気分になってくる。

——やっぱり学校って、苦手。

はぁ、と、溜《ため》息を吐《つ》く。

そんなときだ。


【絵、描《か》くの好き？】

和泉《いずみ》マサムネから、変なメールが届いた。

「？」

先までのもやもやは消えたものの、なんじゃこりゃ？　と思った。

桜の下で立ち止まり、返信する。

【突然《とつぜん》なに？】

【いーから。教えろよ】

「ったく……なにをいまさら」

よくわからないけど、正直に答えよう。

【好きだよ】

続けて、ちょっぴり照れくさいけど……こう送った。

【オレの絵で、喜ぶやつがいるからな】

【そっか。なら、よかった】

【なんだってんだ?】

【俺《おれ》、プロの小説家になる!】

「……なに言ってんだこいつ」

内心が、そのまま呟《つぶや》きとなって口から出た。

あまりにも唐突《とうとつ》なプロ宣言だったものだから、そんな反応しかできなかったのだ。

本気かどうかもわからなくて、こう返信した。

【チョーシ乗んなヘタクソ】
【俺《おれ》の小説、面白《おもしろ》いって言ったじゃん！】
【面白《おもしろ》いよ。でもプロになれるわけないって】
【なるよ！　なぜなら俺《おれ》は天才だから！】

「ホントになに言ってんだこいつ！」
スマホに向かって、思い切りツッコんでしまった。
意味がわからない！
プロになるって――まさか本気で言ってるの？
小学校を今日卒業したばかりの子供が？
当惑《とうわく》する私の目前で、スマホが新たなメールを受信する。
【たったいま、応募《おうぼ》原稿《げんこう》を出してきた】

「えっ……」

【一番最初に、あんたに伝えたかった】
——あ、これ、こいつ……本気だ。
「ふわ……」
……長い、長い、溜息《ため》が出た。
思いの外、私はショックを受けているようだった。
もしも本当にこいつがプロになったら……オレたちの関係ってどうなるんだろう？
そんな漠然《ばくぜん》とした不安を抱《いだ》きつつあった。
ただ、まぁ、そんな不安なんて消し飛ぶようなことを、このあと言われたわけだが。
【ふうん、そっか。本気なんだ】
【うん！　だから、そっちもプロになってよ】
「はあ⁉」
コイツいま、なんてった⁉

【そんで、また、俺《おれ》のキャラを描《か》いてよ】

「……こいつ……………………ったく…………もぉ…………」

【生意気だなあ。お子様のくせに】


年上の相手に、そんな言葉を送る。

実際の歳《とし》がどうだろうと関係ない。

オレはこいつの兄貴分で、こいつはオレの弟分だったから。

この生意気な弟分と出会ってから、いままでの思い出が……走馬《そうま》灯《とう》のように脳裏《のうり》を巡《めぐ》る。

『勇者マサムネの冒険《ぼうけん》』を見つけ、読んだ日のこと。

とんでもない速度で更新《こうしん》されていく様を見て、ついコンタクトを取ってしまったこと。

お母さんに促《うなが》され、絵を描《か》いて、ファンメールを送ったこと。

それから交流が始まって……

こいつの小説を読んで、感想を言って、私も絵を描《か》いて、絵の感想をもらって。

バカ丸出しの喧嘩《けんか》をしたり、ときには真面目な会話をしたり、影響《えいきょう》を受けたり、与《あた》えたり。

こいつの小説を読んでいるとき、さみしさが紛《まぎ》れた。

こいつからメールが届くと、もやもやが消えた。

学校に――――行くようになった。

あっというまに一年が経《た》って……季節が巡《めぐ》って……

きっと、あっちも、似たような気持ちだったのだろう。

こんなメールが送られてきた。


【この一年、すっげー楽しかった】

【……オレも】

【たくさん笑った】

【オレもだ】

【明日からは、もっと楽しいことをしよう！】


そうして彼《かれ》は、夢を語る。

【プロの小説家になって、超面白《ちょうおもしろ》い本をたくさんの人に読ませて、毎日笑って暮らすんだ！】

彼《かれ》の、小説を書きはじめた理由――――その先にある夢だった。

【なあ、あんたも、一緒《いっしょ》にやろうぜ】

まるで間近で誘《さそ》われているみたいで。

メールを読んでいる間中、ドキドキが止まらなかった。

このときめきは、何に対してか。当時はわからなかったけれど。

涙《なみだ》で瞳《ひとみ》をうるませて、返信した。

【わかった】

【できるよ。天才の俺《おれ》が保証する】

【でかいクチ叩《たた》きやがって。そんなん、できるかどうかわかんねーぞ】

ぎり、と、唇《くちびる》を噛《か》んだ。スマホを強く握《にぎ》りしめた。

【もう、おまえの小説の絵は描《か》かない】

【え？】

【メールもしない。おまえからも、連絡《れんらく》すんなよ】

【なんで……？】

なんで、だと？

【今日から本気で絵の練習をする。おまえがくれた、夢を叶《かな》えるためにだ】

そんなの、腹をくくったからに決まってる。

【一緒《いっしょ》に本を作って、毎日笑って暮らすんだろ？　オレは天才じゃないからな。お子様と遊んでやる暇《ひま》なんか、もうねえよ】

大きな口を叩《たた》きながら、私は、とてつもなく焦《あせ》っていた。
『やる』と決めたなら。
彼《かれ》にぶつけた『お子様のくせに』という台詞《せりふ》は、何倍にもなって私に返ってくるからだ。
だから、ほんとうに、もう遊んでいる暇《ひま》なんてない。
無理筋の夢を叶《かな》えようとするなら、こいつよりがんばらないと。
このバカより、何倍もバカにならないと、たぶん無理だ。

「このやろう、やってやるぞ。ぜったい、ぜったい、おいていかせないっ……！」
私の決意に、彼《かれ》はこう応えた。
【なら、俺《おれ》も、もう遊びで小説は書かない】
約束したのは、どちらからだったろう。
【次に連絡《れんらく》するのは、いつか、お互《たが》いが一人前になったときだ】
【じゃあ、またな】
【ああ！　また！】
ただのメールのやり取りなのに。
その別れには、拳《こぶし》と拳《こぶし》を打ち合わせたような、強い手ごたえがあった。
「ふぅっ」
それでおしまい。
私の救いだったメールは、もう二度と届かない。

なんてさみしいことだろう。こころの底からそう思うのに、私の口は笑っている。

傲慢《ごうまん》に、自信たっぷりに。

まるで、あいつの兄貴分だった『オレ』のように。

「よし！」

私は、その場から駆《か》け出《だ》した。

向かう先は決まってる——師匠《せんせい》の仕事場だ。

マンションに帰った私は、靴《くつ》を乱暴に脱《ぬ》ぎ捨《す》てて、廊下《ろうか》を進む。

「ママっ！」

バン！　と勢いよく扉《とびら》を開くと、

「うひゃあぁ⁉」

えっちな絵を描《か》いていたお母さんが、この世のものとは思えない絶叫《ぜっきょう》を上げた。

彼女《かのじょ》は大慌《おおあわ》てでモニタを身体で隠《かく》し、涙目《なみだめ》で叫《さけ》ぶ。

「な、なに⁉　どしたの紗《さ》霧《ぎり》！」

「私に……私に——」

「絵を教えて！」

この日から、約一年後——

オレは、『エロマンガ先生』になる。

――昔話は、これでおしまい。

すべてを語り終えたあと、『開かずの間』には、穏《おだ》やかな空気が満ちていた。

「……あのとき話した『夢』、叶《かな》ったね」

「ああ、とっくに叶《かな》ってたな」

向き合って座《すわ》り、微笑《ほほえ》みあう。

俺《おれ》たちは、四年前から一緒《いっしょ》に本を作ってきた。

『笑って暮らせる』ようになったのは、最近になってからだけど。

あのとき語った夢を、俺《おれ》たちはずっと、ふたりで叶《かな》え続けてきたんだ。

「『ふたりの夢』も、叶《かな》えようね」

「もちろんだ」

ゆっくりと、頷《うなず》く。

不思議な感覚だった。

かつての親友が、いまの相棒で、妹で、好きな人で、恩人で……

和泉《いずみ》マサムネの『最初の読者』で。

「っはは……なんだよ。結局ぜんぶおまえなんじゃん」

「うん……ぜんぶ私だったの。驚《おどろ》いたでしょ」

笑いながら、強く、強く、強く――

「ああ、驚《おどろ》いた」

肯定《こうてい》した。

きっとエロマンガ先生が、和泉《いずみ》マサムネの小説挿絵《さしえ》を担当することになったのも、完全な偶《ぐう》然《ぜん》ではないのだろう。もちろん俺《おれ》と紗霧《さぎり》が兄妹《きょうだい》になったのは、偶然《ぐうぜん》だろうが。偶然《ぐうぜん》だよな？

ああ、まいったな。なんか妙《みょう》に照れくさくて、違《ちが》うことを考えてごまかしている自覚がある。

数秒目を合わせてはそらし……また数秒目を合わせてはそらし……

俺《おれ》たちはさっきから、付き合いたての小学生カップルみたいな挙動をしていた。

紗《さ》霧《ぎり》が、恥《は》ずかしそうに小さな声でささやく。

「あの……ずっと秘密にしてて、ごめんね？」

「いいよ、約束だったしな。──あ、てことは俺《おれ》ら、もう一人前になったってことか？」

「と、思うけど……シリーズ最後までやれたし、新シリーズでアニメ化も決定したし
……………………えと、それに……」

「それに？」

「こうして、ちゃんと会って……相手を見て、すぐそばで、お話しできるようになったでしょ？」

「……そうだな」

しみじみと、頷《うなず》く。

まったく……ここまでくるのに、長くかかったよ。

ふたりで向き合って、腹を割って話す。たったそれだけのことが、難題だった。

ようやく果たしたんだ。

胸を張っても、いいだろう。

「デビューしてから、四年もかかったけど……お互《たが》い一人前だ」

「義理の兄妹《きょうだい》になってから、二年もかかったけど……お互《たが》いに、一人前」

俺《おれ》は、妹のことを想《おも》うとき、一度だって『義理』という言葉を付けたことはない。

だから、紗霧《さぎり》がその単語を口にしたとき、『そういやそうだったな』なんて思った。

「ねぇ、兄さん」

「なんだ？　紗霧《さぎり》」

「もう……兄さんって呼ぶの、やめていい？」

妹は、笑顔《えがお》で言った。

笑顔《えがお》のまま、ぽろりと涙《なみだ》をこぼす。

「もう……妹のふり、やめていい？」

「……紗霧《さぎり》……」

どうして？　とは聞かなかった。

俺《おれ》たちは、わかり合うために、長い長い昔話をしてきたんだから。

「いま、私のこと、たくさん話したよね？　……なら、わかったでしょ？　私は…………

あなたと、兄妹《きょうだい》になんてなりたくないの」

紗霧《さぎり》は、膝《ひざ》の上で小さなこぶしを握《にぎ》りしめる。

切羽詰《せっぱつ》まった鼻声で、

「わ、私が……私がっ…………なりたいのは、家族なんかじゃなくて――」

「待ってくれ」

俺《おれ》は、紗霧《さぎり》の台詞《せりふ》を、手と声で制した。

「おまえも、俺《おれ》の昔話……聞いただろ？　なら、わかったはずだ。俺《おれ》は家族が欲《ほ》しいんだよ。どうしても、どうしても欲《ほ》しいんだよ」

「……っ」

紗霧《さぎり》は、辛《つら》そうにうつむく。

それでもこればかりは、譲《ゆず》るつもりはない。

そして、妹に辛《つら》い顔をさせておくつもりもない。

だから俺《おれ》は、予定を繰《く》り上《あ》げることにした。

後悔《こうかい》するかもしれないが、ガキの頃《ころ》の俺《おれ》なら、躊躇《ちゅうちょ》なく叫《さけ》んだはずだ。

構うものか、と。

その勇気を、いま、ほんの少しだけ取《と》り戻《もど》す。

「紗霧《さぎり》」

「俺《おれ》と結婚《けっこん》してくれ」

あとがき

伏見《ふしみ》つかさです。エロマンガ先生八巻を手に取っていただきまして、ありがとうございました。今巻の二章は、以前電撃《でんげき》大王に収録した短編をベースに、加筆修正をし、本編エピソードとして再構築したものです。

『エロマンガ先生』は、原作本編だけを読んでいけば、きちんと楽しめるシリーズにしよう。本編未収録短編を読んでいるかどうかで、読者の持つ情報量に差がつくようなことをなくしたい。そんな意図がありまして、このような形で短編を収録することにしました。

正直に申し上げますと、八巻の執筆《しっぴつ》スケジュールが、ここ十年間で一、二を争うほどにキツかったから、という事情もあります。いつもよりページ数が少なくて、ごめんなさい。

今回、あとがきで皆《みな》さんにお話ししたいことがたくさんあるのですが、まだ発表できないことばかりで、とてももどかしい気持ちでおります。

いますぐお知らせできるのは、アニメの脚本《きゃくほん》を合計三話ぶん担当させていただくことが決まった件、くらいでしょうか。すでに二話ぶんは書きあがっており、皆《みな》さんがこのあとがきを読んでいる頃《ころ》には、三話目の脚本《きゃくほん》も完成しているはずです。

まだ言えませんが、今後、デビュー十周年企画《きかく》など色々と発表していけると思いますので、どうぞご期待くださいませ。

私のピンチには、マサムネのように腕利《うでき》きの美少女作家が助けに来てくれたりはしませんし、夏休みはぎっくり腰《ごし》の治療《ちりょう》で終わりましたし、こんな綺麗《きれい》に一区切りついて休めたりしないのですが……サイン会や、ファンレターでいただいた皆《みな》さんからの応援《おうえん》は、私のピンチを何度も救ってくれました。そして『エロマンガ先生』のアニメは、作中のマサムネに負けないくらい、恵《めぐ》まれた環境《かんきょう》で制作が進んでおります。

きっと原作ファンに喜んでいただける作品になるはずです。

原作、アニメともども、応援《おうえん》よろしくお願いします！

アニメ版では、マサムネの通う学校は、『和泉《いずみ》家の南側』にあります。

原作では、『和泉《いずみ》家の北側』にあります。

この点については、原作とアニメで、設定を揃《そろ》えることはしません。

ほとんどの方は気にならない件だとは思いますが、一応、ここで明記しておきます。

伏見《ふしみ》つかさ

◉伏見つかさ著作リスト

「十三番目のアリス」（電撃文庫）
「十三番目のアリス②」（同）
「十三番目のアリス③」（同）
「十三番目のアリス④」（同）
「俺の妹がこんなに可愛いわけがない」（同）
「俺の妹がこんなに可愛いわけがない②」（同）
「俺の妹がこんなに可愛いわけがない③」（同）
「俺の妹がこんなに可愛いわけがない④」（同）

「俺の妹がこんなに可愛いわけがない⑤」（同）
「俺の妹がこんなに可愛いわけがない⑥」（同）
「俺の妹がこんなに可愛いわけがない⑦」（同）
「俺の妹がこんなに可愛いわけがない⑧」（同）
「俺の妹がこんなに可愛いわけがない⑨」（同）
「俺の妹がこんなに可愛いわけがない⑩」（同）
「俺の妹がこんなに可愛いわけがない⑪」（同）
「俺の妹がこんなに可愛いわけがない⑫」（同）
「ねこシス」（同）
「エロマンガ先生　妹と開かずの間」（同）
「エロマンガ先生②　妹と世界で一番面白い小説」（同）
「エロマンガ先生③　妹と妖精の島」（同）
「エロマンガ先生④　エロマンガ先生VSエロマンガ先生G」（同）
「エロマンガ先生⑤　和泉紗霧の初登校」（同）
「エロマンガ先生⑥　山田エルフちゃんと結婚すべき十の理由」（同）
「エロマンガ先生⑦　アニメで始まる同棲生活」（同）
「エロマンガ先生⑧　和泉マサムネの休日」（同）
「名探偵失格な彼女」（VA文庫）

本書に対するご意見、ご感想をお寄せください。

電撃文庫公式ホームページ 読者アンケートフォーム
http://dengekibunko.jp/
※メニューの「読者アンケート」よりお進みください。

ファンレターあて先
〒102-8584　東京都千代田区富士見1-8-19
アスキー・メディアワークス電撃文庫編集部
「伏見つかさ先生」係
「かんざきひろ先生」係

初出

「月刊コミック電撃大王 2014年10月号」～
「月刊コミック電撃大王 2014年12月号」

文庫収録にあたり、加筆、訂正しています。

電撃文庫

エロマンガ先生《せんせい》⑧

和泉《いずみ》マサムネの休日《きゅうじつ》

伏見《ふしみ》つかさ

発　行　2017年1月10日　初版発行

発行者　塚田正晃
発行所　株式会社KADOKAWA
〒102-8177　東京都千代田区富士見2-13-3
プロデュース　アスキー・メディアワークス
〒102-8584　東京都千代田区富士見1-8-19
03-5216-8399（編集）
03-3238-1854（営業）
装丁者　荻窪裕司 (META＋MANIERA)
印刷・製本　旭印刷株式会社

ISBN978-4-04-892597-6　C0193　Printed in Japan

電撃文庫　http://dengekibunko.jp/
株式会社 KADOKAWA　http://www.kadokawa.co.jp/

電撃文庫創刊に際して

文庫は、我が国にとどまらず、世界の書籍の流れのなかで〝小さな巨人〟としての地位を築いてきた。古今東西の名著を、廉価で手に入りやすい形で提供してきたからこそ、人は文庫を自分の師として、また青春の想い出として、語りついできたのである。

その源を、文化的にはドイツのレクラム文庫に求めるにせよ、規模の上でイギリスのペンギンブックスに求めるにせよ、いま文庫は知識人の層の多様化に従って、ますますその意義を大きくしていると言ってよい。

文庫出版の意味するものは、激動の現代のみならず将来にわたって、大きくなることはあっても、小さくなることはないだろう。

「電撃文庫」は、そのように多様化した対象に応え、歴史に耐えうる作品を収録するのはもちろん、新しい世紀を迎えるにあたって、既成の枠をこえる新鮮で強烈なアイ・オープナーたりたい。

その特異さ故に、この存在は、かつて文庫がはじめて出版世界に登場したときと、同じ戸惑いを読書人に与えるかもしれない。

しかし、〈Changing Times,Changing Publishing〉時代は変わって、出版も変わる。時を重ねるなかで、精神の糧として、心の一隅を占めるものとして、次なる文化の担い手の若者たちに確かな評価を得られると信じて、ここに「電撃文庫」を出版する。

1993年6月10日
角川歴彦

電撃文庫DIGEST　1月の新刊

発売日2017年1月10日

エロマンガ先生⑧
和泉マサムネの休日
【著】伏見つかさ　【イラスト】かんざきひろ
『開かずの間』で紗霧と同棲を始めることになったマサムネ。お風呂でドッキリ!?　連夜の同衾!?　仕事に恋に多忙なマサムネに、束の間の休日が訪れる。

なれる!SE15
疾風怒濤?社内競合
【著】夏海公司　【イラスト】Ixy
工兵がアサインされた大型案件のパートナーはまさかの次郎丸!?　しかもそれは別ルートから立華&藤崎コンビも受注を狙う社内競合案件だった!　工兵は最大の敵に勝てるのか!?

俺を好きなのはお前だけかよ④
【著】駱駝　【イラスト】ブリキ
パンジーと親友のサンちゃんを恋人同士にする手伝いを、強制的に頼まれた。ちっ、わーったよ。でもその前に、俺の作戦を聞け。俺が、パンジーに愛の告白をする。

螺旋のエンペロイダー Spin4
【著】上遠野浩平　【イラスト】鈿本英利
"牙の痕"――エンペロイダーを巡る戦いの終着地で、自らの孕む可能性と向き合う虚宇介とそら。二人が辿りつく場所とは――上遠野浩平が描く戦いの螺旋の物語、ついに完結。

新フォーチュン・クエストII⑧
月の光とセオドーラ
【著】深沢美潮　【イラスト】迎 夏生
次なるエルフの里を目指してアビス海へ向かったパステルたち。そこには見たこともない不思議なモンスターがいっぱいで!?　ドキドキ&ワクワクの海洋冒険!

新作
勇者のセガレ
【著】和ヶ原聡司　【イラスト】029
異世界の危機を救うべく、勇者召喚のため現れた美少女金髪魔導機士・ディアナ。所沢の一般家庭に育った俺が勇者なんかに……って俺じゃなくて親父が勇者!?

新作
霊感少女は箱の中
【著】甲田学人　【イラスト】ふゆの春秋
心霊事故で銀鈴学院高校に転校してきた柳瞳佳だが、初日から大人しめの少女四人組のおまじないに巻き込まれてしまう。そして少女一人が、忽然と姿を消して――。

新作
迷宮料理人ナギの冒険
～地下30階から生還するためのレシピ～
【著】ゆうきりん　【イラスト】TAKTO
冒険者になりたい料理人の息子・ナギ。親の目を盗んで旅に出ようとしたところいきなり街全体がダンジョンの中に崩落し――!?　仲間とともに迷宮を脱出せよ!

新作
だれがエルフのお嫁さま?
【著】上月 司　【イラスト】ゆらん
僕は百年ぶりに生まれた男エルフ。男エルフの子供はとびきり優秀になるらしく、僕を「おとこ」にするため、4人の女の子と一緒に暮らすことになって……。

新作
《ハローワーク・ギルド》へようこそ!
【著】小林三六九　【イラスト】和武はざの
平和になった剣と魔法の世界での問題は、『お仕事』事情!?　騎士をやめたい少女、スランプの錬金術師、歌手になりたい聖職者――。そんな彼らの悩みを華麗に解決!

新作
ドリームハッカーズ
コミュ障たちの現実チートピア
【著】出口きぬごし　【イラスト】るろお
生体インプラントによって、神経入力したメッセージをやりとりできる近未来。他人の脳をハッキングできる中学生・犬介は、非リア充から脱しようと――!?

新作
東京ダンジョンスフィア
【著】奈坂秋吾　【イラスト】柴乃櫂人
【マンション危険度☆☆☆☆★　攻略進行中　東京都冒険者ギルド】VR技術の暴走で、住人の意識がダンジョンを創造。ギルドの赤峰は異世界を攻略し、創造主となった住人を救う!

新作
ぼくらはみんなアブノーマル
【著】佐々山プラス　【イラスト】霜月えいと
この世界はバグってやがる。見た目は幼女のこいつもそうだ。『私の委員会に入って"バグ持ち(アブノーマル)"を救おう!』退学の危機の俺にそんな暇は無いはずだったが……。